再读徐志摩

春痕处处 落红飘飘

徐志摩／漫话世情

徐志摩／著

天津出版传媒集团

天津人民出版社

图书在版编目（CIP）数据

春痕处处,落红飘飘:徐志摩漫话世情 / 徐志摩著.
— 天津:天津人民出版社,2013.4
（再读徐志摩）
ISBN 978-7-201-08029-1

Ⅰ.①春… Ⅱ.①徐… Ⅲ.①散文集–中国–现代
Ⅳ.①I266

中国版本图书馆 CIP 数据核字(2013)第 050816 号

天津人民出版社出版
出版人:黄　沛
(天津市西康路 35 号　邮政编码:300051)
邮购部电话:（022）23332469
网址:http://www.tjrmcbs.com.cn
电子信箱:tjrmcbs@126.com
高教社(天津)印务有限公司印刷　新华书店经销

2013 年 4 月第 1 版　2013 年 4 月第 1 次印刷
700×960 毫米　16 开本　10 印张　2 插页
字数:200 千字
定　价:29.00 元

雾里看世情

（代 序）

　　陆小曼曾说,徐志摩在小说创作方面的成就,远不能与他的诗歌散文成就相比,"他缺少写小说的天才,每次他老是不满意,我看了也是觉得少了点甚么似的"。这评语大致是不错的,徐志摩在编撰故事方面,确实没有他在诗歌散文上那种天马行空般的潇脱飘逸之气。徐志摩自己也承认,"我实在不会写小说,虽则我狠想学写"。

　　但这并不意味着他对小说创作没有自己独到的见解。他心目中,也有好的小说的标准:"我常常想像一篇完全的小说,像一首完全的抒情诗,有它特具的生动的气韵,精密的结构,灵异的闪光。"在为凌叔华小说《花之寺》写的广告词中,他对小说写作提出了很有些见地的说法——

　　"写小说不难,难在作者对人生能运用他的智慧化出一个态度来。从这个态度我们照见人生的真际,也从这个态度我们认识作者的性情。"

　　无疑,徐志摩提出了一个小说家不可回避的论点:必须观照社会与人生,让读者从小说中去感悟人世的悲欢和人生的真谛。

　　正因为有这样的看法,所以徐志摩的小说便与现实生活、人际遭

徐志摩漫话世情

遇息息相关。他的小说未必有跌宕起伏的情节，总体上呈一种忧郁的色调，一番人世的叹惋，却也深刻反映了那个时代普通人的生活情状。由于徐志摩的小说创作数量有限，本书在收录其侧重于世情世态的小说以外，也收录了他的一些有关人情世态的散文，本书总体上是要给读者呈现一幅那个时代的世情图景。

徐志摩的小说很写实，其特点不在于情节的曲折，而在于对某些细节的深入刻画，尤其是在人物心理描写方面，惟妙惟肖。就内容而言，主要为爱情故事、社会与人生故事、童话故事等。

《船上》写一个二十岁的城市女孩与妈妈坐船到乡间去，第一次如此亲近大自然，让她充满了新奇感，"她恨不得自己也是个乡下孩子"，自由自在。故事情节很简单，而描写姑娘的心理却十分细腻。《一个清清的早上》是关于单相思的骂先生的描写：他躺在床上，翻来覆去，想着那女郎爱自己吗？懂自己吗？"她要是真做了我的……哈哈……"要是让她挽着自己的臂膀一起出去，让旁人见了羡慕，那是怎样的得意……哼，别做梦了，越想越烦，只好起床，高喊：老崔，老崔，打洗脸水！对一个胡思乱想的人心态的描写，可谓入木三分。

《老李》也有细致的心理描述。对于这个整天想着算学问题和道德问题的怪人的心态，作者很幽默地说他总是在学校走廊"独自低头伸着一个手指走来走去"，风光、金钱、男女、名利、游戏、风雅，全不在他心上；然而面对族人与他争校长职位、争家族祭产，他又是毫不退让的。故事的结局出人意料地悲惨：他被族人杀了！这情节使平铺直叙的文字陡现波澜。

《春痕》描述了青年人之间的爱恋，不同的鲜花在春、夏、秋不同的季节中，流露着相同的美丽光彩。爱，总是很令人神魂颠倒的。然而，岁月催人老。十年的光阴，让春痕当年可爱的影像，失去了妖艳的颜色，淡化在了轻霭薄雾之中。故事透着缠绵，而结局出人意料，没有给读者一个团圆的收尾，倒使小说情节有了一个大的起伏。关于这篇小说的社会内涵，徐志摩说是蕴含着"一个人道的抗议"，即抗议"世俗的习惯"，"让人做妻做母负担之惨酷"。

《两姊妹》属于意识流一样的作品，作者显然偏重于表现女人对过往的怀念、对当下境况的厌恶的情绪，而不在于故事情节本身发展的来龙去脉。

《"浓得化不开"(星加坡)》中细致的心理描写，也呈现的是一种意识流。主人公廉枫在梦中，神游于鲜花艳草、女人肉色，以及戏剧里唐明皇、正德皇帝的生活之中，还坐在飞驰于柔波暖风中的厂车里，感受西洋与中土交织的湖光山色。他希望得到爱，然而待他从梦中醒来时，感觉鲜花、奶油和女人等等，那一切都显露着青面獠牙的可憎面目。小说没有很完整的情节，却充满了奇幻色彩，上天入地，很符合思想意识的奔放不羁。

以廉枫为主人公的小说有三篇，构成一个系列。第二篇是《"浓得化不开"之二(香港)》。这一篇写廉枫在香港上山游览的感受。一边是一位让他想入非非的美丽女郎，让他产生无边的诗情；另一边是一位拖着病体往山上挑砖瓦的女劳工，操着破烂的粤音向他要钱，让他眼前总浮现着那"焦枯得像贝壳似的手"。最终，所有风花雪月都一扫而光，"他的思想几乎完全中止了活动"。这也反映了作者对于苦难社会所表达的无奈，纵有一腔情怀，也难以神思与遐想。

第三篇《死城(北京的一晚)》则更切中时弊。廉枫来到北京，无意间走到一个白茫茫的旷场，那竟然是个外国人的墓地，在那月下诡异

3

的氛围中,他在一个姑娘的坟前作人生苦痛的心灵交流。而一位看守墓园的老者的出现,将廉枫那与墓墟中人作伴的诗心拉回到现实中来。他们的对话,正是凄凉的现实世界的沉痛对白,而那位年轻人却还提了一个可笑的问题:"那你爱不爱北京?"得到的回答当然是:人穷了,人苦了,人老了,无路可走,还有什么爱不爱?"活不了,就得爱死!"那个时代的北京,就像个死城!——作者为我们展示出一幅凄楚苍凉的人生图画,让人感到,在那样的社会里,生与死,已经没有了区别!在徐志摩的小说中,这一篇应当是直面现实黑暗、揭示人生悲凉的好作品。

从邵洵美续写《珰女士》时设"廉枫"一角色暗指徐志摩来看,上面三篇以"廉枫"为主人公的小说,或许正是徐志摩自身见闻的写照。

《家德》也是一篇记述普通人人生故事的小说。这样平凡的人处处可见,虽然生活在社会底层,却依然对生活充满乐观。包括家德的妈妈,总是能漠视一切困苦而笑对人生,以致有人用一句很诗意的话来比方她为:"山楼上去看太阳——满眼都是亮。"

《轮盘》讲的是一位小姐赌博后的心态及母亲和仆人的劝慰。赌注输光了,还会惦着扳回运气,而事实上终将与她家"老五"一样,由斯文的小姐变成为妖气的"鬼"。即使如此,她仍忍不住要把最后的最珍贵的珠项圈拿出来,犹豫着是不是把它也作为最后的赌注再去一搏。小说没有太多的情节与对话,而是通过对"三姐"的心理描写,活脱出赌红了眼的人的绝望神情与心灵扭曲,不能不令人慨叹甜美的女人如何变成了堕落的魔鬼!

《珰女士》在徐志摩的小说中有着特别的意义。它是为纪念左翼青年作家胡也频被害而创作的,可惜只写了前面部分,未写完。后来邵洵美进行了续写,却仍是未竟之作。小说主人公"珰女士"被公认为就是丁玲(只是丁玲本人未曾承认)。这是徐志摩唯一一篇写血雨腥风中革命者与反动派斗争的小说。珰女士的丈夫蘩是为了铲除穷苦、争取穷人的幸福,而被反动当局逮捕。珰女士即使不能十分理解爱人的思想,但也深知他的动机是纯洁的,因而在这样的黑暗时刻,珰女士的心也是不肯向黑暗势力低头的。这篇小说中也有大量的心理描写,而故事情节所具有的社会意义,则又是他的其他小说所不具备的。

还有《小赌婆儿的大话》《香水》,属童话故事。

除了在小说中反映社会现实、反映人的心理,徐志摩在许多散文中,也对人情世故、对社会现实作了论说。

其内容一是有关人生问题。

一位年轻人给报纸编辑写信,抱怨生活的乏味无望,徐志摩写了《给生活干燥的朋友》,他没有摆出一副尊者的面孔去教导抱怨生活的青年,要如何如何满怀信心、勇往直前,而是富于同情心地慨叹:"我向我的窗外望,暗沉沉的一片,也没有月亮,也没有星光,日光更不必想。"现实社会是黑暗的,找不到一个"与干燥脱离的生活的意像"。

有人谈论自杀,认为自杀愿望的形成,"至少也能增加不少无畏的精神,至少可以不怕死"。徐志摩认为不能鼓励自杀行为,活着,其实比死更难,死,是"思想上找不到出路时"所采取的"最消极或是最积极的方向——死——走去完事"。尤其在当时那样的社会里,自杀根本不能感化社会,"圣人早已死完了,我们活着都无能为力,何况断气以后"。这不啻是对社会的严厉批判。

其二是人在时局动荡中对命运的无助的感喟。

林长民(字宗孟)有文记述自己在南京遭军阀拘捕经过,文极简洁

5

精妙,徐志摩将其发表时写下按语,称"这篇文章写得有声有色","至少比他手订的中华民国大宪法有趣味有意义甚至有价值得多"。林长民于 1925 年 11 月 24 日在东北死于乱军之中。徐志摩引用他的文字,大发了一番感叹:"他文章里有几句话竟与他这回惨死的情形有相印处。'微月映雪,眼底缤纷碎玉有薄光,倏忽间人影杂遝,则乱兵也。下车步数武,对面弹发……'上次脱了险,这回脱不了,(调一句古文调说)其命也欤!"

《求医》一文中,作者感叹"我们这倒运的民族眼下只有两种人可分,一种是在死的边沿过活的,又一种简直是在死里面过活的"。人无法抵挡"这普遍'死化'的凶潮",满目都是悲惨世界,渺小的个人只有随波逐流一途了。

其三是有关文化界的怪现象。思想文化界的守旧与维新的斗争,常常是一场概念混乱的混战。"一个自命时新甚至激进的人却发现他自己骨子里其实守旧甚至顽固";争斗中"新派觉悟了许多向不曾省察到的虚陷与弱点"。还有那自以为是的留学生,无论身上贴有多少新标签,最终回国也不过是醉心于升官发财。徐志摩对于文化界的针砭,可谓深入脊髓。

徐志摩译的《高尔基论契诃甫》,说的是俄国的人和事,也同样可以作为对中国社会的一种观照。

总之,徐志摩对于社会与人生的观察与剖析,蕴含在他的许多散文和小说中,可以让我们知道他不只是一个擅长写抒情诗的诗人,而且也是一位人世苦痛的观察者和思想者。

陈益民

目　录

徐志摩漫话世情

1

春　痕①

一、瑞香花——春

逸清早起来，已经洗过澡，站在白漆的镜台前，整理他的领结。窗纱里漏进来的晨曦，正落在他梳栉齐整漆黑的发上，像一流灵活的乌金。他清癯的颊上，轻沾着春晓初起的嫩红，他一双睫绒密绣的细长妙目，依然含漾着朝来梦里的无限春意，益发激动了他 Narcissus 自怜的惯习，痴痴地尽向着镜里端详。他圆小锐敏的睛珠，也同他头发一般的漆黑光芒，在一泻清利之中，泄漏着几分忧郁凝滞，泄漏着精神的饥渴，像清翠的秋山轻罩着几痕雾紫。

他今年二十三岁，他来日本方满三月，他迁入这省花家，方只三日。

他凭着他天赋的才调生活风姿，从幼年便想肩上长出一对洁白蜥嫩的羽翮，望着精焰斑斓的晚霞里，望着出岫倦展的春云里，望着层晶叠翠的秋天里，插翅飞去，飞上云端，飞出天外去听云雀的欢歌，听天河的水乐，看群星的联舞，看宇宙的奇光，从此加入神仙班籍，凭着九

---

① 初发表时题为《一个不很重要的回想》，后收入《轮盘》一书时改今题。

天的白玉阑干,于天朗气清的晨夕,俯看下界的烦恼尘俗,微笑地生怜,怜悯地微笑。那是他的幻想,也是多数未经生命严酷教训的少年们的幻想。但现实粗狠的大槌,早已把他理想的晶球击破,现实卑琐的尘埃,早已将他洁白的希望掩染。他的头还不曾从云外收回,他的脚早已在污泥里泞住。

他走到窗前,把窗子打开,只觉得一层浓而且劲的香气,直刺及灵府深处,原来楼下院子里满地都是盛开的瑞香花,那些紫衣白发的小姑子们,受了清露的涵濡,春阳的温慰,便不能放声曼歌,也把她们襟底怀中脑边蕴积着的清香,迎着缓拂的和风,欣欣摇舞,深深吐泄,只是满院的芬芳,只勾引无数的小蜂,迷醉地环舞。

三里外的桑抱群峰也只在和暖的朝阳里欣然沈浸。

逸独立在窗前,估量这些春情春意,双手插在裤袋里,微曲着左膝,紧啮住浅绛的下唇呼出一声幽喟,旋转身掩面低吟道:可怜这万种风情无地着!

紧跟着他的吟声,只听得竹篱上的门铃,喧然大震,接着邮差迟重的嗓音唤道:"邮便!"

一时篱上各色的藤花藤叶轻波似颤动,白果树上的新燕呢喃也被这铃声喝住。

省花夫人手拿着一张美丽的邮片笑吟吟走上楼来对逸说道:"好福气的先生,你天天有这样美丽的礼物到手。"说着把信递入他手。

果然是件美丽的礼物;这张比昨天的更觉精雅,上面写的字句也更妩媚,逸看到她别致的签名,像燕尾的瘦,梅花的疏,立刻想起她亭亭的影像,悦耳的清音接着一阵复凑的感想,不禁四肢的神经里,迸出一味酸情,迸出一些凉意。他想出了神,无意地把手里的香迹,送向唇边，只觉得兰馨满口，也不知香在片上，也不知香在字里——他神魂迷荡了。

一条不甚宽广但很整洁的乡村道上，两傍种着各式的树木，地上青草里，夹缀着点点金色银色的钱花。这道上在这初夏的清晨除了牛奶车菜担以外，行人极少。但此时铃声响处，从桑抱山那方向转出一辆新式的自行车，上面坐着一个西装的少女，二十岁光景。她黯黄的发，临风蓬松着，用一条浅蓝色丝带络住，她穿着一身白纱花边的夏服，鞋袜也一体白色；她丰满的肌肉，健康的颜色，捷灵的肢体，愉快的表情，恰好与初夏自然的蓬勃气象和合一致。

她在这清静平坦的道上，在榆柳浓馥的阴下，像飞燕穿帘似的，疾扫而过；有时俯偻在前枢上，有时撒开手试她新发明的姿态，恰不时用手去理整她的外裳，因为孟浪的风尖常常挑翻她的裙序，像荷叶反卷似的，泄露内衬的秘密。一路的草香花味，树色水声，云光鸟语，都在她原来欣快的心境里，更增加了不少欢畅的景色——她同山中的梅花小鹿，一般的美，一般的活泼。

自行车到藤花杂生的篱门前停了，她把车倚在篱旁，扑去了身上的尘埃，掠齐了鬓发，将门铃轻轻一按，把门推开，站在门口低声唤道："省花夫人，逸先生在家吗？"

说着心头跳个不住，颊上也是点点桃花，染入冰肌深浅。

那时房东太太不在家，但逸在楼上闲着临帖，早听见了，就探首窗外，一见是她，也似感了电流一般，立刻想飞奔下去。但她接着喊道；她也看见了："逸先生，早安，请恕我打扰，你不必下楼，我也不打算进来，今天因为天时好，我一早就出来骑车，便道到了你们这里，你不是看我说话还喘不过气来，你今天好吗？啊，乘便，今天可以提早一些，你饭后就能来吗?"

她话不曾说完,忽然觉得她鞋带散了,就俯身下去收拾,阳光正从她背后照过来,将她描成一个长圆的黑影,两支腰带,被风动着,也只在影里摇颤,恰像一个大蜗牛,放出他的触须侦探意外的消息。

"好极了,春痕姑娘! ……我一定早来……但你何不进来坐一歇呢? ……你不是骑车很累了吗? ……"

春痕已经缚紧了鞋带,倚着竹篱,仰着头,笑答道:"很多谢你,逸先生,我就回去了,你温你的书吧,小心答不出书,先生打你的手心。"格支地一阵憨笑,她的眼本来秀小,此时连缝儿都莫有了。

她一欠身,把篱门带上,重复推开,将头探入;一支高出的藤花,正贴住她白净的腮边,将眼瞟着窗口看呆了的逸笑道:"再会罢,逸!"

车铃一响,她果然去了。

逸飞也似驰下楼去出门望时,只见榆荫错落的黄土道上,明明缕着她香轮的踪迹,远远一簇白衫,断片铃声,她,她去了。

逸在门外留恋了一会,转身进屋,顺手把方才在她腮边撩拂那支乔出的藤花,折了下来恭敬地吻上几吻;他耳边还只荡漾着她那"再会罢,逸"的那个单独"逸"字的蜜甜音调:他又神魂迷荡了。

二、红玫瑰——夏

"是逸先生吗?"春痕在楼上喊道,"这里没有旁人,请上楼来。"

春痕的母亲是旧金山人,所以她家的布置,也参酌西式。楼上正中一间就是春痕的书室,地板上铺着匀净的台湾细席,疏疏的摆着些几案榻椅,窗口一大盆的南洋大桐,正对着她凹字式的书案。

逸以前上课，只在楼下的客堂里，此时进了她素雅的书屋，说不出有一种甜美愉快的感觉。春痕穿一件浅蓝色纱衫，发上的缎带也换了亮蓝色，更显得妩媚绝俗。她拿着一管斑竹毛笔正在绘画，案上放着各品的色碟和水盂。逸进了房门，她才缓缓地起身，笑道："你果然能早来，我很欢喜。"

逸一面打量屋内的设备，一面打量他青年美丽的教师，连着午后步行二里许的微喘，颇露出些踟蹰的神情，一时连话也说不连贯。春痕让他一张椅上坐了，替他倒了一杯茶，口里还不住地说她精巧的寒暄。逸喝了口茶，心头的跳动才缓缓的平了下来，他瞥眼见了春痕桌上那张鲜艳的画，就站起来笑道："原来你又是美术家，真失敬，春痕姑娘，可以准我赏鉴吗？"

她画的是一大朵红的玫瑰，真是一枝秾艳露凝香，一瓣有一瓣的精神，充满了画者的情感，仿佛是多情的杜鹃在月下将心窝抵入荆刺沥出的鲜红心血，点染而成，几百阕的情词哀曲凝化此中。

"那是我的鸦涂，那里配称美术。"说着她脸上也泛起几丝红晕，把那张水彩赵赵地递入逸手。

逸又称赞了几句，忽然想起西方人用花来作恋爱情感的象征，记得红玫瑰是"我爱你"的符记，不禁脱口问道："但不知那一位有福的，能够享受这幅精品，你不是预备送人的吗？"

春痕不答。逸举头看时只见她倚在凹字案左角，双手支着案，眼望着手，满面绯红，肩胸微微有些震动。

逸呆望着这幅活现的忸怩妙画，一时也分不清心里的反感，只觉得自己的颧骨耳根，也平增了不少的温度。此时春痕若然回头，定疑心是红玫瑰的朱颜，移上了少年的肤色。

5

临了这一阵缄默,这一阵色彩鲜明的缄默,这一阵意义深长的缄默,让窗外桂树上的小雀,吱的一声啄破。春痕转身说道:"我们上课罢。"她就坐下,打开一本英文选,替他讲解。

功课完毕逸起身告辞,春痕送他下楼,同出大门,此时斜照的阳光正落在桑抱的峰巅岩石上,像一片斑驳的琥珀,他们看着称美一番,逸正要上路。春痕忽然说:

"你候一候,你有件东西忘了带走。"她就转身进屋去,过了一分钟,只见她红涨着脸,拿着一纸卷递给逸说:"这是你的,但不许此刻打开看!"接着匆匆说了声再会,就进门去了。逸左臂挟着书包,右手握着春痕给他的纸卷,想不清她为何如此慌促,禁不住把纸卷展开,这一展开,但觉遍体的纤微,顿时为感激欣喜悲切情绪的弹力撼动,原来纸卷的内容,就是方才那张水彩,春痕亲笔的画,她亲笔画的红玫瑰——他神魂又迷荡了。

三、茉莉花——秋

逸独坐在他房内,双手展着春痕从医院里来的信,两眼平望,面容澹白,眉峰间紧锁住三四缕愁纹;她病了。窗外的秋雨,不住地沥沥,他怜爱的思潮,也不住地起落。逸的联想力甚大,譬如他看花开花放就想起残红满地;身历繁华声色,便想起骷髅灰烬;临到欢会,便想怅别;听人病苦,便想暮祭。如今春痕病了,在院中割肠膜,她写的字也失了寻常的劲致,她明天得医生特许可以准客人见,要他一早就去。逸为了她病,已经几晚不安眠,但远近的思想不时涌入他的脑府。他此时所想的是人生老病死的苦痛,青年之短促。他悬想着春痕那样可爱的心影,疑问像这样一朵艳丽的鲜花，是否只要有恋爱的温润便可常葆美质；还是也同山谷里的茶花，篱上的藤花，也免不了受风摧雨虐，等到活力一衰，也免不了落地成泥。但他无论如何拉长缩短他的想象，总不能想出一个老而且丑的春痕来！他想圣母玛丽不会老，观世音大士不会老，理想的林黛玉不会老，青年理想中的爱人又如何会老呢；他不觉微笑了。转想他又沈入了他整天整晚迷恋的梦境；他最恨想过去，最爱想将来，最恨回想，最爱前想，过去是死的丑的痛苦的枉费的；将来是活的美的幸福的创造的；过去像块不成形的顽石，满长着可厌的猬草和刺物；将来像初出山的小涧，只是在青林间舞蹈，只是在星光下歌唱，只是在精美的石梁上进行。他廿余年麻木的生活只是个不可信可厌的梦；他只求抛弃这个记忆；但记忆是富有黏性的，你愈想和他脱离，结果胶附得愈紧愈密切。他此时觉得记忆的压制愈重，理想的将来不过只是烟淡云稀，渺茫明灭，他就狠劲把头摇了几下，把春痕的信折了起来，披了雨衣，换上雨靴，挟了一把伞独自下楼出门。

他在雨中信步前行，心中杂念起灭，竟走了三里多路，到了一条河边。沿河有一列柳树，已感受秋运，枝条的翠色，渐转苍黄，此时仿佛不胜秋雨的重量，凝定地俯看流水，粒粒的泪珠，连着先凋的叶片，不时掉入波心，悠然浮去。时已薄暮，河畔的颜色声音，只是凄凉的秋意，只是增添惘怅人的惘怅。天上绵般的云似乎提议来裹埋他心底的愁思，草里断续的虫吟，也似轻嘲他无聊的意绪。

逸踟蹰了半晌，不觉秋雨满襟，但他的思想依旧缠绵在恋爱老死的意义，他忽然自言道："人是会变老，会变丑，会死会腐朽，但恋爱是长生的；因为精神的现象决不受物质法律的支配；是的，精神的事实，是永久不可毁灭的。"

他好像得了难题的答案，胸中解释了不少的积重，抖下了此衣上的雨珠，就转身上归家的路。

他路上无意中走入一家花铺，看看初菊，看看迟桂，最后买了一束茉莉，因为她香幽色澹，春痕一定喜欢。

他那天夜间又不曾安眠，次日一早起来，修饰了一晌，用一张蓝纸把茉莉裹了，出门往医院去。

"你是探望第十七号的春痕姑娘吗？"

"是。"

"请这边走。"

逸跟着白衣灰色裙的下女，沿着明敞的走廊，一号二号，数到了第十七号。浅蓝色的门上，钉着一张长方形的白片，写着很戳目的英字：

"No.17 Admitting no visitors except the patient's mother and Mr.Yi."

"第十七号　除病人母亲及逸君外，他客不准入内。"

一阵感激的狂潮，将他的心府淹没；逸回复清醒时，只见房门已打开，透出一股酸辛的药味，里面恰丝毫不闻音息。逸脱了便帽，企着足尖，进了房门——依旧不闻音息。他先把房门掩上，回身看时，只见这间长形的室内，一体白色，白墙白床，一张白毛毯盖住的沙发，一张白漆的摇椅，一张小几，一个唾盂。床安在靠窗左侧，一头用矮屏围着。逸走近床前时，只觉灵魂底里发出一股寒流，冷激了四肢全体。春痕卧在白布被中，头戴白色纱巾，垫着两个白枕，眼半阖着，面色惨澹得一点颜色的痕迹都没有，几于和白枕白被不可辨认，床边站着一位白巾白衣态度严肃的看护妇，见了逸也只微颔示意，逸此时全身的冰流重复回入灵府，凝成一对重热的泪珠，突出眶帘。他定了定神俯身下去，小语道："我的春痕，你……吃苦了！……"那两颗热泪早已跟着颤动的音波在他面上筑成了两条泪沟,后起的还频频涌出。

春痕听了他的声音,微微睁开她倦绝的双睫,一对铅似重钝的睛球正对着他热泪溶溶的湿眼;唇腮间的筋肉稍稍缓驰露出一些勉强的笑意但一转瞬她的腮边也湿了。

"我正想你来,逸,"她声音虽则细弱,但很清爽,"多谢天父,我的危险已经过了! 你手里拿的不是给我的花吗?"说着笑了,她真笑了。

逸忙把纸包打开,将茉莉递入她已从被封里伸出的手,也笑说道:"真是,我倒忘了,你爱不爱这茉莉?"

春痕已将花按在口鼻间,阖拢了眼,似乎经不住这强烈香味;点了点头,说:"好,正是我心爱的,多谢你。"

逸就在床前摇椅上坐下,问她这几日受苦的经过。

过了半点钟,逸已经出院,上路回家。那时的心影,只是病房的惨白颜,耳畔也只是春痕零落屡弱的音声。——但他从进房时起,便引起了一个奇异的幻想。他想见一个奇大的坟窟,沿边齐齐列着黑衣送葬的宾客,这窟内黑沈沈地不知有多少深浅,里面却埋着世上种种的幸福,种种青年的梦境,种种悲哀,种种美丽的希望,种种污染了残缺了的宝物,种种恩爱和怨艾,在这些形形色色的中间,又埋着春痕和在病房一样的神情,和他自己——春痕和他自己!

逸——他的神魂又是一度迷荡。

四、桃花李花处处开——十年后春

此时正是清明时节,箱根一带满山满谷,尽是桃李花竞艳的盛会。

这边是红锦，那边是白雪，这边是火焰山，那边是银涛海；春阳也大放骄矜艳丽的光辉来笼盖这骄矜艳丽的花园，万象都穿上最精美的袍服，一体的欢欣鼓舞，庆祝春明。整个世界，只是一个妩媚的微笑；无数的生命，只是报告他们的幸福：到处是欢乐，到处是希望，到处是春风，到处是妙乐。

今天各报的正张上，都用大号字登着欢迎支那伟人的字样。那伟人在国内立了大功，做了大官，得了大名，如今到日本，他从前的留学国，来游历考察，一时哄动了全国注意，朝野一体欢迎，到处宴会演说，演说宴会，大家争求一睹丰采；尤其因为那伟人是个风流美丈夫。

那伟人就是十年前寄寓在省花家瑞香花院子里的少年；他就是每天上春痕姑娘家习英文的逸。

他那天记起了他学生时代的踪迹，忽发雅兴，坐了汽车，绕着桑抱山一带行驶游览，看了灿烂缤纷的自然，呼着香甜温柔的空气，甚觉舒畅愉快。

车经过一处乡村，前面被一辆载木料的大车拦住了进路，只得暂时停着等候。车中客正瞭望桑抱一带秀特的群峰，忽然春痕的爱影，十年来被事业尘埃所掩翳的爱影，忽然重复历历心中，自从那年匆匆被召回国，便不闻春痕消息，如今春色无恙，却不知春痕何往，一时动了人面桃花之感，连久干的眶睫也重复潮润起来。

但他的注意，却半在观察村街的陋况，不整齐的店铺，这里一块铁匠的招牌，那首一张头痛膏的广告，别饶风趣。

一家杂货铺里，走来一位主客，一个西装的胖妇人，她穿着蓝呢的冬服，肘下肩边都已霉烂，头戴褐色的绒帽，同样的破旧，左手抱着一个将近三岁的小孩,右臂套着一篮的杂物——两颗青菜,几枚蛤蜊,一枝蜡烛,几匣火柴,——方才从店里买的,手里还挽着一个四岁模样的女孩,穿得也和她母亲一样不整洁。那妇人蹒跚着从汽车背后的方向走来,见了这样一辆美丽的车和车里坐着的华服客,不觉停步注目。远远的看了一晌,她索性走近了,紧靠着车门,向逸上下打量。看得逸到烦腻起来,心想世上那有这样臃肿倦曲不识趣的妇人……

那妇人突然操英语道:"请饶恕我,先生,但你不是中国人逸君吗?"

他想又逢到了一个看了报上照相崇拜英雄的下级妇女;但他还保留他绅士的态度,微微欠身答道:"正是,夫人。"淡淡说着,漫不经意的模样。

但那妇人急接说道:"果然是逸君!但是难道你真不认识我了!"

逸免不得眸凝向她辨认:只见丰眉高颧;鼻梁有些陷落,两腮肥突,像一对熟桃;就只那细小的眼眶,和她方才"逸君"那声称呼,给他一些似曾相识的模糊印象。

"我十分的抱歉,夫人!我近来的记忆力实在太差,但是我现在敢说我们确是曾经会过的。"

"逸君你的记忆真好!你难道真忘了十年前伴你读英文的人吗?"

逸跳了起来,说道:"难道你是春……"但他又顿住了,因为他万不能相信他脑海中一刻前活泼可爱的心影,会得幻术似的变形为眼前粗头乱服左男右女又肥又蠢的中年妇人。

但那妇人却丝毫不顾恋幻象的消散,丝毫不感觉哲理的怜悯;十年来做妻做母负担的专制,已经将她原有的浪漫根性,杀灭尽净,所以她宽弛的喉音替他补道:"春……痕,正是春痕,就是我,现在三……夫人。"

逸只觉得眼前一阵昏沈，也不曾听清她是三什么的夫人，只瞪着眼呆顿。

"三井夫人。我们家离此不远，你难得来此，何不乘便过去一坐呢？"

逸只微微的颔首，她已经将地址吩咐车夫，拉开车门，把那小女孩先送了上去，然后自己抱着孩子挽着筐子也挤了进来。那时拦路的大车也已经过去，他们的车，不上三分钟就到了三井夫人家。

一路逸神意迷惘之中，听她诉说当年如何嫁人，何时结婚，丈夫是何职业，今日如何凑巧相逢，请他不要介意她寒素嘈杂的家庭，以及种种等等，等等种种。

她家果然并不轩敞，并不恬静。车止门前时，便有一个七八岁赤脚乱发的小孩，高喊着"娘坐了汽车来了……"跳了出来。

那漆髹驳落的门前，站着一位满面皱纹，弯背驼腰的老妇人，她介绍给逸，说是她的姑；老太太只咳嗽了一声，向来客和她媳妇，似乎很好奇似的溜了一眼。

逸一进门，便听得后房哇的一声婴儿哭：三井夫人报怨她的大儿，说定是他顽皮又把小妹惊醒了。

逸随口酬答了几句话，也没有喝她紫色壶倒出来的茶，就伸出手来向三井夫人道别，勉强笑着说道："三井夫人，我很羡慕你丰满的家庭生活，再见罢！"

等到汽轮已经转动，三井夫人还手抱着褓褓的儿，身旁立着三个孩子，一齐殷勤地招手，送他的行。

那时桑抱山峰，依旧沈浸在艳日的光流中，满谷的樱花桃李，依旧竞赛妖艳的颜色，逸的心中，依旧涵葆着春痕当年可爱的影象。但这心影,只似梦里的紫丝灰线所织成,只似远山的轻霭薄雾所形成,澹极了,微妙极了,只要蝇蚊的微嗡,便能刺碎,只要春风的指尖,便能挑破……

载北京《努力周报》第 41 期(1923 年 2 月 1 日)

徐志摩漫话世情

两 姊 妹

三月。夜九时光景。客厅里只开着中间圆桌上一座大伞形红绸罩的摆灯。柔荏的红辉散射在附近的陈设上,异样的恬静。靠窗一架黑檀几上那座二尺多高薇纳司的雕像,仿佛支不住她那矜持的姿态,想顺着软美的光流,在这温和的春夜,望左侧的沙发上,倦倚下去;她倦了。

安粟小姐自从二十一年前母亲死后承管这所住屋以来,不曾有一晚曾向这华丽、舒服的客厅告过假,缺过席。除了绒织、看小说、和玛各,她的妹妹,闲谈,她再没有别的事了。她连星期晚上的祈祷会,都很少去,虽则她们的教堂近在前街,每晚的钟声叮当个不绝,似乎专在提醒,央促她们的赴会。

今夜她依旧坐在她常坐的狼皮椅上,双眼半阖着,似乎与她最珍爱的雕像,同被那私语似的灯光薰醉了。书本和线织物,都放在桌上;她想继续看她的小说,又想结束她的手工,但她的手像痉挛了似的,再也伸不出去。她忽然想起玛各还不回进房来,方才听得杯碟声响,也许她乘便在准备她们临睡前的可可茶。

玛各像半山里云影似的移了进来,一些不着声息,在她姊姊对面的椅上坐了。

14

她十三年前犯了一次痹症，此后左一半的躯体，总不十分自然。并且稍一劳动，便有些气喘，手足也常发震。

"啊，我差一点睡着了，你去了那么久……"说着将手承着口，打了小半个呵欠，玛各微喘的声息，已经将她惊觉。此时安粟的面容，在灯光下隔着桌子望过去，只像一团干确了的海绵，那些复叠的横皱纹，使人疑心她在苦笑，又像忧愁。她常常自怜她的血弱，她面色确是半青不白的。她的声带像是新鲜的芦管做成的，不自然的尖锐。她的笑响，像几枚新栗子同时在猛火里爆裂，但她妹子最怕最厌烦的，尤其是她发怒时带着鼻音的那声"扼衡"。

"扼衡！玛丽近来老是躲懒，昨天不到四点钟就走了，那两条饭巾，一床被单，今天还放着没有烫好，真不知道她在外面忙的是什么！"

"哼，她那儿还有工夫顾管饭巾……我全知道！每天她出了我们的门，走不到转角上——我常在窗口望她——就躲在那棵树下拿出她那粉拍来，对着小手镜，装扮她那贵重的鼻子——有一天我还见她在厨房里擦胭脂哪！前天不是那克莱妈妈说她一礼拜要看两次电影，说常碰到她和男子一起散步……"

"可不是，我早就说年轻的谁都靠不住，要不是找人不容易，我早就把她回了，我看了她那细小的腰身，就有气！扼衡！"

玛各幽幽的喟息了一声，站了起来，重复半山里云影似的移到窗前，伸出微颤的手指，揭开墨绿绿绒的窗幔，仰起头望着天上，"天到好了，"她自语着，"方才怪怕人的乌云现在倒变了可爱的月彩，外面空气一定很新鲜的，这个时候……哦，对门那家瑞士人又在那里跳舞了，前天他们才有过跳舞不是，安粟？他们真乐呀，真会享福，他们上面的窗帘没有放下，我这儿望得见他们跳舞呀，果然，那位高高的美男子又在那儿了……啊唷,那位小姐今晚多乐呀,她又穿着她那件枣红的,安粟你也见过的不是,那件银丝镶边的礼服?我可不爱现在的式样,我看是太不成样儿了,我们从前出手稍为短一点子,昂姑母就不愿意,现在他们简直是裸体了——可是那位小姐长得真不错,肉彩多么匀净,身段又灵巧,她贴住在那美男子的胸前,就像一只花蝶儿歇在玉兰花瓣上的一样得意……她一对水一般的妙眼尽对着了看,他着了迷了……他着了迷了,这音乐也多趣呀,这是新出的,就是太艳一点,简直有点猥亵,可是多好听,真教人爱呀……"

安粟侧着,一只眼望过来,只见她妹妹的身子有点儿摇动,一双手紧紧的拧住窗幔,口里在吁吁的响应对面跳舞家的乐音……

"扼衡!"

玛各吓的几乎发噤,也自觉有些忘情,赶快低着头回转身。在原先的椅上坐下,一双手还是震震的,震震的……

安粟在做她的针线,低着头,满面的皱纹叠得紧紧的,像秋收时的稻屯。玛各偷偷的瞟了她几眼,顺手把桌上的报纸,拿在手里……隔街的乐音,还不时零续地在静定的夜气中震荡。

"铛!"门铃格托的一声,邮件从门上的信格里落在进门的鬃毯上。玛各说了声,让我去看去,出去把信检了进来。"昂姑母来的信。"

安粟已经把眼镜夹在鼻梁上,接过信来拆了。

野鸭叫一阵的笑,安粟稻屯似的面孔上,仿佛被阳光照着了闪闪的在发亮。"真是!玛各,你听着。"

汤麦的蜜月已经完了。他们夫妻俩现在住在我家里。新娘也很和气的,她的相片你们已经见过了不是?他们俩真是相爱,什么时候都挨得紧紧的,他们也不嫌我,我想他们火热的年轻人看了我们上年纪的,板板的像块木头,说的笑话也是几十年的老笑话,每星期总要背一次的老话,他们看了我一定很觉得可怜,——其实我们老人的快活,才是真快活。我眼也花了,前面本来望不见什么,乐得安心静意等候着上帝的旨意,我收拾收拾厨房,看看年轻人的快乐,说说干瘪的笑话,也就过了一天,还不是一样?

间壁史太太家新收了一个寄宿的中国学生。前天我去吃晚饭看见了。一个矮矮的小小的顶好玩的小人,圆圆的头,一头蓬蓬的头发,像是好几个月没有剪过,一双小小的黑眼,一个短短的鼻子,一张小方的嘴,真怪,黄人真是黄人,他的面色就像他房东太太最爱的,蒸得稀烂的南瓜饼,真是蜡黄的。也亏他会说我们的话,一半懂得,一半懂不得。他也很自傲的,一开口就是我们的孔夫子怎么说,我们的孔夫子怎么说——总是我们的孔夫子。前天我们问起中国的妇女和婚姻,引起了他一大篇的议论。他说中国人最有理性,男的女的,到了年纪——我们孔夫子分付的——一定得成家成室,没有一个男子,不论多么穷,没有妻子。没有一个女人,不论多么丑,没有丈夫。他说所以中国有这样的太平,人人都很满意的。真,怪不得从前的"赖耶鸿章"见了格兰士顿的妹妹,介绍时听见是小姐,开头就问为什么还没有成亲! 我顶喜欢那小黄人。我几时想请他吃饭,你们也来会会他好不好——他是个大学的学生哩!

你的钟爱的姑母

附:安粟不是想养一条狗吗?昨天晚报上有一条卖狗的广告,说是顶好的一条西伯利亚种,尖耳朵,灰色的,价钱也不贵,你们如其想看,可以查一查地址。我是不爱狗的,但也不厌恶。有的真懂事,你们养一条,解解闷儿也好。

姑母

徐志摩漫话世情

玛各坐着听他姐姐念信，出神似的，两眼汪汪的像要滴泪。安粟念完了打了一个呵欠，把信叠好了放在桌上对玛各说，"今晚太迟了，明天一早你写回信吧，好不好？伴'锣那门'Chinaman吃饭我是不来的，你要去你可以答应姑母。我倒想请汤麦夫妻来吃饭——不过……也许你不愿意。随你吧。谢谢姑母替我们留心狗的广告，说我这一时买不买还没有决定。我就是这几句话。……时候已不早，我去拿可可茶来吃了去睡吧。"

两姊妹吃完了她们的可可茶，一前一后的上楼，玛各更不如她姊妹的轻捷，只是扶着楼梯半山里云影似的移，移，一直移进了卧室。她站在镜台前怔怔的，自己也不知道在想的是什么，在愁的是什么，她总像落了什么重要的物品似的，像忘了一桩重要的事不曾做似的——她永远是这怔怔的，怔怔的。她想起了一件事，她要寻一点旧料子，打开了一只箱子，偻下身去检。她手在衣堆里碰着了一块硬硬的，她就顺手掏了出来，一包长方形的硬纸包，细绳拴得好好的。她手微震着，解了绳子，打开纸包看时，她手不由得震得更烈了。她对着包里的内容发了一阵呆，像是小孩子在海砂里掏贝壳，掏出了一个蚂蟥似的。她此时已在地毯上坐着，呆呆的过了一晌，方才调和了喘息，把那纸包放在身上，一张一张的拿在手里，仔细的把玩。原来她的发现只是几张相片，她自己和旁人早年的痕迹，也不知多少年前塞在旧衣箱的底里，早已忘却了。她此时手里擎着的一张是她自己七岁时的小影。一头绝美的黄发散披在肩旁一双活泼的秀眼，一张似笑不笑的小口，两点口唇切得像荷叶边似的妩媚……她拿到口边吻一下，笑着说："多可爱的孩子呀！"第二张相片是又隔了十年的她，正当她的妙年，一个绝美的影子。她的眉，她的眼，她的不丰不瘦的嫩颊，颊上的微笑,她的发,她的项颈,她的前胸,她的姿态——那时的她,她此时看着,觉得有说不出的可爱,但……这样的美貌,那一个不倾倒,那一个舍得不爱……罗勃脱,杰儿,汤麦……哦,汤麦,他如今……蜜月,请他们来吃饭……难道是梦吗,这二十几年怎样的过的……哦,她的痹症,恶毒的病症……从此,从此……安粟,亲爱的母亲,昂姑母,自己的病,谁的不是,谁的不是……是梦吗?……真是一张雪白的纸,二十几年……玛丽和男子散步……对门的女子跳舞的快乐……哦,安粟说甚么,中国,黄人的乐土……太平洋的海水……照片里的少女,被他发痴似的看活了,真的活了!这不是她的卷发在惺忪的颤动,这不是她象牙似的项颈在轻轻的扭动,她的口在说话了……

这二十几年真是过的不可信!她现在已经老了,已经是废人了,是真的吗?生命,快乐,一切,没有她的份了,是真的吗?每天伴着她神经错乱的姐姐,厨房里煮菜,客厅里念日报,听秋天的雨声,叶声,听春天的鸟声,每晚喝一杯浓煎的可可茶,白天,黑夜,上楼,下楼,……是真的吗?

是真的吗?二十几年的我,你说话呀!她的心脏在春米似的跳响,自己的耳都震聋了。她发了一个寒噤,像得了热病似的。她无意的伸上手去,在身旁的镜台上,拖下了一把手镜来。她放下那只手里的照片,一双手恶狠狠的擒住那面手镜,像擒住了一个敌人,向着她自己的脸上照去……

安粟的房正在她妹子房的间壁,此时隐隐的听得她在床上翻身,口鼻间哼出一声:"扼衡!"

载上海《小说月报》第 14 卷第 11 号(1923 年 1 月 10 日)

19

老 李

一

他有文才吗？不，他做文课学那平淮西碑的怪调子，又写的怪字，看了都叫人头痛。可是他的见解的确是不寻常？也就只一个怪字。他七十二天不剃发，不刮胡子；大冷天人家穿皮褂穿棉袄，他秃着头，单布裤子，顶多穿一件夹袍。他倒宝贝他那又黄又焦的牙齿，他可以不擦脸，可是擦牙漱口仿佛是他的情人，半天也舍不了，每天清早，扰我们好梦的是他那大排场的漱口，半夜里搅我们不睡的又是他那大排场的刷牙；你见过他的算草本子没有，那才好玩，代数，几何，全是一行行直写的，倒亏他自己看得清楚！总而言之，一个字，老李就是怪，怪就是老李。

这是老李同班的在背后讨论他的话，但是老李在班里虽则没有多大的磁力，虽则很少人真的爱他，他可不是让人招厌的人，他有他的品格，在班里很高的品格，他虽是怪，他可没有斑点，每天他在自修室的廊下独自低着头伸着一个手指走来走去的时候，在他心版上隐隐现现的不是巷口锡箔店里穿蓝竹布衫的，不是什么黄金台或是吊金龟，也

20

不是湖上的风光,男女,名利,游戏,风雅,全不是他的份,这些花样在他的灵魂里没有根,没有种子。他整天整夜在想的就是两件事:算学是一件,还有一件是道德问题——怎样叫人不卑鄙有廉耻。他看来从校长起一直到听差,同学不必说,全是不够上流,全是少有廉耻。有时他要是下输了棋,他爱下的围棋,他就可以不吃饭不睡觉的想,想倘然他在那角上早应了一子,他的对手就没有办法,再不然他只要顾自己的活,也就不至于整条的大鱼让人家囫囵的吞去……他爱下围棋,也爱想围棋,他说想围棋是值得的,因为围棋有与数学互相发明的妙处,所以有时他怨自己下不好棋,他就打开了一章温德华斯的小代数,两个手指顶住了太阳穴,细细的研究了。

老李一翻开算学书,就是个活现的疯子,不信你去看他那书桌子,原来学堂里的用具全是一等的劣货,总是庶务攒钱,那里还经得起他那很劲的拍,应天响的拍,拍得满屋子自修的,都转过身子来对着他笑。他可不在乎,他不是骂算数教员胡乱教错了,就说温德华斯的方程式根本有疑问,他自己发明的强的多简便的多,并且中国人做算学直写也成了,他看过李壬叔的算学书全是直写的,他看得顶合式,为什么做学问这样高尚的事情都要学外洋,总是奴从的根性改不了! 拍的又是一下桌子!

有一次他在演说会里报名演说,他登台的时候(那天他碰巧把胡子刮净了,倒反而看不惯),大家使劲的拍巴掌欢迎他,他把右手的点人指放在桌子边,他那一双离魂病似的眼睛,钉着他自己的指头看,尽看,像是大考时看夹带似的,他说话了。我最不愿意的,我最不赞成的,我最反对的,是——是拍巴掌。一阵更响亮的拍巴掌! 他又说话了。兄弟今天要讲的是算学与品行的关系。又是打雷似的巴掌,坐在后背的叫好儿都有。他的眼睛还是钉住在他自己的一个指头上。我以为品行……一顿。

21

我以为算学——又一顿。他的新修的鬓边青皮里泛出红花来了。他又勉强讲了几句，但是除了算学与品行两个字，谁都听不清他说的是什么，他自己都不满意，单看他那眉眼的表情，就明白。最后一阵霹雳似的掌声，夹着笑声，他走下了讲台。向后面那扇门里出去了。散了会，以后人家见他还是亚里斯多德似的，独自在走廊下散步。

二

老李现在做他本乡的高小学堂校长了。在东阳县的李家村里，一个中学校的毕业生不是常有的事；老李那年得了优等文凭，他人还不曾回家，一张红纸黑字的报单，上面写着贵府某某大少爷毕业省立第一中学优等第几名等等，早已高高的贴在他们李家的祠堂里，他上首那张捷报，红纸已经变成黄纸，黑字已经变成白字，年分还依稀认得出，不是嘉庆八年便是六年。李家村茶店酒店里的客人，就有了闲谈的资料，一班人都懂不得中学堂，更懂不得优等卒业，有几位看报识时务的，就在那里打比喻讲解。高等小学卒业比如从前的进学，秀才，中学卒业算是贡生，优等就算是优贡。老李现在就有这样的身分了。看他不出从小不很开口说话，性子又执拗，他的祖老人家常说单怕这孩子养不大，谁知他的笔下倒来得，又肯用功，将来他要是进了高等学堂再一毕业，那就算是中了举了！常言说的人不可以貌相不是？这一群人大都是老李的自族，他的祖辈有，父辈也有，子辈有，孙辈也有，甚至叫他太公的都有。这一年的秋祭，李家族人聚会的时候，族长就提出了一个问题。他们公堂里有一份祭产，原定是归有功名的人收的，早出了缺，好几年没有人承当，现在老李已经有了中学文凭，这笔进款是否应该归他的，让大家公议公议，当场也没有人反对，就算是默认了。老李考了一个优等，到手一份祭产，也不能算是不公平。老李的母亲是个寡妇，听说儿子有了荣耀，还有进益，当然是双分的欢喜。

　　老李回家来不到几天，东阳县的知事就派人来把他请进城去。这是老李第一次见官，他还是秃着头，穿着他的大布褂子，也不加马褂，老李一辈子从没有做过马褂，就有一件黑羽纱的校服，领口和两肘已经烂破了，所以他爽性不穿。县知事倒是很客气，把他自己的大轿打了来接他，老李想不坐，可是也没有话推托，只得很不自在的钻进了轿门，三名壮健的轿夫，不到一个钟头就把老李抬进了知事的内宅。"官？"老李一路在想，"官也不定全是坏的。官有时候也有用，像现在这样世界，盗贼，奸淫，没有廉耻的世界，只要做官的人不贪不枉，做个好榜样也就好得多不是。曾文正的原才里讲得顶透辟。但是循吏还不如酷吏，循吏只会享太平，现在时代就要酷吏，像汉朝那几个铁心辣手的酷吏，才对劲儿。看，那边不又是打架，那可怜的老头儿，头皮也让扎破了。这儿又是一群人围着赌钱。青天白日，当街赌钱。坏人只配恶对付。杀头，绞，凌迟，都不应该废的，像我们这样民风强悍的地方，更不能废，一废坏人更没有忌惮。更没有天地了。真要有酷吏才好。今天县知事请我不知道为什么。他信上说有要事面商，他怎么会知道我……"

　　下午老李还是坐了知事大老爷的轿子回乡。他初次见官的成绩很不坏，想不到他到那样的开通，那样的直爽，那样的想认真办事。他要我帮忙——办民高小？我做校长？他说话倒真是诚恳。孟甫叔父怎么能办教育？他自己就没有受什么教育。还有他的品格！抽大烟，外遇，侵吞学费；哼，不要说公民资格，人格都没有，怎么配当校长？怎么配教育青年子弟？难怪地方上看不起新开的学堂，应该赶走，应该赶跑。可是我来接他的

23

手？我干不干？我不是预定考大学预科将来专修算学的吗？要是留在地方上办事，知事说的为"桑梓帮忙"，我的学问也就完事了。我妈倒是最愿意我留在乡里，也不怪她，她上了年纪，又没有女儿，常受邻房的呕气，气得肝胃脾肺肾轮流的作怪，我要是一出远门，她不是更没有主意，早晚要有什么病痛，叫她靠谁去？知事也这么说，这话倒是情真。况且到北京去念书，要几千里路的路费，大学不比中学，北京不是杭州，用费一定大得多，我那儿有钱使——就算考取了也还是难，爽性不去也罢。可是做校长？校长得兼教修身每星期训词——这都不相干，做一校之长，顶要紧就是品格，校长的品格，就是学堂的品格。我主张三育并重，德育，智育，体育，——德育尤其要紧，管理要从严，常言说的棒头上出孝子，好学生也不是天生的，认真来做一点社会事业也好，教育是万事的根本，知事说的不错，我们金华这样的赌风，淫风，械斗，抢劫，都为的群众不明白事理，没有相当的教育，教育，小学教育，尤其是根本，我不来办难道还是让孟甫叔父一般糊涂虫去假公济私不成，知事说的当仁不让……

三

　　"娘的话果然不错，"老李又在想心思，一天下午他在学校操场的后背林子里独自散步，"娘的话果然不错，"世道人心真是万分的险巇。娘说孟甫叔父混号叫做笑面老虎，不是好惹的，果然有他的把戏。整天的吃毒药，整天的想打人家的主意。真可笑，他把教育事业当作饭碗，知事把他撤了换我，他只当是我成心抢了他的饭碗——我不去问他要前任的清账，已经是他的便宜，他倒反而唆使猛三那大傻子来跟我捣乱。怎么，那份祭产不归念书的，倒归当兵的；一个连长就会比中学校的卒业生体面，真是笑话。幸亏知事明白，没有听信他们的胡说，还是把这份收入判给我。我到也不在乎这三四十担粗米，碰到年成坏，也许谷子都收不到，就是我妈到不肯放手，她话也不错，既是我们的名分，为什么要让人强抢去。孟甫叔父的说话真凶，真是笑里藏刀，句句话有尖刺儿的，他背后一定咒我，一定狠劲的毁谤我。猛三那大傻子，才上他的臭当，隔着省分奔回来替我争这份祭产，他准是一个大草包，他那样子一看就是个强盗，他是在广东当连长的，杀人放火本来是他正当的职业，怪不得他开口就想骂，动手就想打，我是不来和他们一般见识，把一百多的小学生管好已够我的忙，谁还有闲工夫吵架？可是猛三他那傻，想了真叫人要笑，跑了几千里地，祭产没有争着，自己倒赔了路费，听说他昨天又动身回广东去了。他自己家庭的肮脏，他倒满不知道，街坊谁不在他的背后笑呵，——真是可怜，蠢奴才，他就配当兵杀人！那位孟甫老先生还是吃他的鸟烟，我到不知道他还有什么好主意！

四

知事来了！知事来了！

操场上发生了惨剧，一大群人围着。

知事下了轿，挨进了人圈子。踏烂的草地上横躺着两具血污的尸体。一具斜侧着，胸口流着一大堆的浓血，右手里还擎着一柄半尺长铄亮的尖刀，上面沾着梅花瓣似的血点子，死人的脸上，也是一块块的血斑，他原来生相粗恶如今看的更可怕了。他是猛三。老李在他的旁边躺着，仰着天，他的情形看的更可惨，太阳穴，下额，脑壳，两肩，手背，下腹，全是尖刀的窟窿，有的伤处，血已经瘀住了，有的鲜红还在直淌，他

徐志摩漫话世情

25

睁着一双大眼,口也大开着,像是受致命伤以前还在喊救命似的,他旁边伏着一个五六十岁的妇人,拉住他一只石灰色的手,在哽咽的痛哭。

知事问事了。

猛三分明是自杀的,他刺死了老李以后就把刀尖往他自己的心窝里一刺完事。有好几个学生也全看见的,现在他们都到知事跟前来做见证了。他们说今天一早七点半早操班,校长李先生站在那株白果树底下督操,我们正在行深呼吸,忽然听见李先生大叫救命,他向着这一头直奔,他头上已经冒着血,背后凶手他手里拿着这把明晃晃的刀(他们转身望猛三的尸体一指)狠命的追,李先生也慌了,他没有望我们排队那儿逃,否则王先生手里有指挥刀也许还可以救他的命,他走不到几十步,就被那凶手一把揪住了,那凶手真凶,一刀一刀的直刺,一直把李先生刺倒,李先生倒地的时候,我们还听见他大声的嚷救命,可是又有谁去救他呢,不要说我们,连王先生也吓呆了,本来要救,也来不及,那凶手把李先生弄死了,自己也就对准胸膛栽了一刀,他也完了。他几时进来我们也不知道,他始终没有开一声口……

知事说够了够了,他就叫他带来的仵作去检猛三的身上。猛三夹袄的口袋里有几块钱,一张撕过的船票,广东招商局的,一张相面先生的广告单,一个字纸团。知事把那字纸团打开了那是一封信。那猛三不就是四个月前和老李争祭产的那个连长吗?老李的母亲揩干了眼泪,走过来说,正是他,那是孟甫叔父怪嫌老李抢了他的校长,故意唆使他来捣乱的。我也听是这么说,知事说,孟甫真不应该,他把手里的字条扬了一扬,恐怕眼前的一场流血,也少不了他的分儿,猛三的妻子是上月死的吗?是的。她为什么死的?她为什么死的!知事难道不明白,街坊上这一时沸沸扬扬的,还不是李猛三家小的话柄,真是话柄!

猛三那糊涂虫，才是糊涂虫，自己在外省当兵打仗，家里的门户倒没有关紧，也不避街坊的眼，朝朝晚晚，尽是她的发泼，吵得鸡犬不宁的。果然，自作自受，太阳挂在头顶，世界上也不能没有报应……好，就到种德堂去买生皮硝吃。一吃就闹血海发晕，请大夫也太迟了，白送了一条命，不怪自己，又怪谁去！

知事说冤有头，债有主，这两条新鲜的性命，死得真冤，老李更可惜，好容易一乡上有他一个正直的人，又叫人给毁了，真太冤了！眼看这一百多的学生，又变了失奶的孩子，又有谁能比老李那样热心勤劳，又有谁能比他那高尚的品格？孟甫真不应该，他那暗箭伤人，想了真叫人痛恨，也有猛三那傻子，听他说什么就信什么，叫他赶回来争祭产，他就回来争祭产，告他老李逼死了他的妻子，叫他回来报仇，也没有说明白为的是什么，他就赶了回来，也不问个红黑是非，船一到埠，天亮就赶来和老李拼命，见面也没有话说，动手就行凶，杀了人自己也抹脖子，现在死没有对证，叫办公事的又有什么主意。

五

老李没有娶亲，没有子息；没有弟兄，也没有姊妹；他就有一个娘，一个年老多病的娘。他让人扎了十几个大窟窿扎死了。他娘滚在鲜血堆里痛哭他，回头他家里狭小的客间里，设了灵座，早晚也就只他的娘哭他，现在的骨头已经埋在泥里，一年里有一次两次烧纸锭给他的——也就只他的老娘。

载上海《小说月报》第 15 卷第 1 号（1924 年 1 月 10 日）

小赌婆儿的大话

方才天上有块云，白灰色的，停在那盒子形的山峰的顶上，像是睡熟了，他的影子盖住了那山上一大片的草坪，像是架空的一个大天篷，不让和暖的太阳下来。一只灰胸膛的小鸟，他是崇拜太阳的，正在提起他的嗓子重复的唱他新编的赞美诗，他忽然起了疑心。再为他身旁青草上的几颗露水，原来在阳光里像是透明的珍珠，现在变成黯黯的，像是忧愁似的。他仰头看天时，他更加心慌了，因为青天已经躲好，只剩白肤肤的一片不晓得是什么。他停止了他的唱，侧着他的小头，想了一会儿，还是满心的疑惑，于是他就从站着的地方，那是一颗美丽的金银草，跳了出来，他的身子是很轻，所以最娇嫩的花草们都爱他的小脚在他们的头顶上或是腰身里跳着舞着，每回他过路的时候，他们只点着头儿摆着腰儿的笑，因为他们不觉得痛，只觉得好玩，并且他又是最愿意唱歌儿给他们听的。现在他跳不上几步，就望见他的一个朋友，他是一只夜蝶，浑身搽着粉的，伏在一株不曾开花的耐冬上。他就叫着他的名字，那是小玲珑，问他为什么天上有了这样大变动，又暖又亮的太阳光为什么不见了。但那小玲珑，有他自个儿的心事，他昨晚上出去寻他的恋爱，那是灯光，在深深的黑暗里飞了半夜，碰了好几回钉子，翅膀上的金粉,那是他最心疼的,也掉了不少,灯亮,他的恋爱还是不曾寻着。他在路上只见一对萤火虫,那是他本来看不起的,在草堆里有可疑的行为,此外他的近视眼望得见的就是那颗可恼的大星,还是在那里一闪一闪的引诱着他。可怜他那不到三分阔的翅膀如何能飞到几万万里的路程。虽则那星如其要他的性命,他是一定不迟疑的奉献。所以他忙了一夜,一点成绩都没有,后来在一块生荆刺的石头上睡了一会,直到天亮才飞回来的。现在他贴紧在一株快开小白花儿的耐冬身上,回想他一晚上的冤屈,抱怨他自己的理想,像做梦似的出了神,他的朋友招呼他,他也不曾理会,一半是疲倦,一半是不愿意,所以他只装是睡熟了没有答应他。那灰胸膛的小雀子是很知趣的,他想不便打扰人家的好梦,他一弯腰又跳了开去。这时候山顶上那块云还是没有让路,他的影子落在青草上更显得浓厚了。所以他更是着急的往前跳,直到他又碰见了一个老朋友,那是一只尖尾巴青肚皮的跳虫,他歇在一颗苦根草的草瓣上,跷着他那一对奇长的后腿,捧着他的尖尾巴像在搔痒似的。"喂,小赌婆儿!"(那是他的浑号,他的名字叫做土螻!)我们的小雀儿对他喊着:"你的聪明是有名的,现在我要请教你一件事:方才我们的青天,我们的太阳光,不是好好儿的吗?现在你看,为什么这暗沉沉怪怕人的,青天不见了,阳光也没了,这是什么缘故?""缘故?"那虫儿说,"那是兆头,也是不好的兆头哩;我告诉你说,我的小哥儿!"(我们要记得,那尖尾巴青肚皮长腿子的跳虫不是顶老实的虫子,他会说话,更会撒谎,人家称他聪明,夸他有学问,其实那都是靠不住的,他靠得住的就是他那嘴。)"这又是什么兆头呢?"我们的小雀儿更着急的逼着问。那虫子说:"常言说的小儿快活必有灾难,今天原来不是上好的天时,偏是你爱唱那小调儿,唱了又唱,唱了又唱,唱得天也恼了,太阳也怒了,不瞒你说我也听厌烦了。你知道为什么天上忽然变黑了?那是一个大妖怪,他把他那大翅膀盖住了天,所以青天也不见,太阳也没了。那妖怪是顶可怕的,他有的是一根大尾巴,顶大顶大的大尾巴,他那尾巴一扫的时候,我们就全得遭殃。你不记得上回的大乱子吗?我们那颗大个儿的麻栗树刮断了好几根青条,好几百颗大龙爪花也全让扎一个稀烂不是?两个新出巢儿的吴知了儿正倒运,小翅膀儿也刮糊了,什么了儿也知不了了。你说这不可怕吗?现在又是那兆头来了,你快想法子躲起来吧,回头遭灾可不是玩儿。你又是有家的,不比我那身子又轻又松腿子又长又快的。再会吧,我这就去了。"

　　小赌婆儿说完了话,就拱起了他的腿弯子,捺下了他的尖肚子,仰起了他的小青嘴儿,扑的一跳,就是三五尺路,拐一个弯又一跳,又一跳,就瞧不见了。我们老实的小雀儿听了他那一番大话,一句句他都相信是真的,他抬头看一看黑蔚蔚的天,他心里害怕,真的像是那大妖精快要作怪似的;他是顶胆小的,况且小赌婆说的不错,他是有家的,那更不是玩儿,他做家长的总得负责任不是?他站着翘着他小尾又出了一会神。这会他胆气有了,他就拉开他的翅膀,那是蓝毛镶白边顶美的翼子,嘴里打起了口号,他就飞飞飞了。那口号是找他的太太与他们的小孩子的,(他有一个小身材的太太,三个小孩儿都像他,就是毛儿没有长全。)这回他有了心事,再不说闲话了,虽则在路上他又碰到许多朋友:那绰号叫小蛮子的螳螂,浑身穿着盔甲的黑板虫,爱出风头的一对红蜻蜓姊妹,草叶子上那怕人的大黑毛虫,还有好几个游手好闲的长脚蚊虫,他都没有打招呼,他要寻着他的妻子要紧。

　　他飞不到一会,他就听见水响,那他知道是那条山涧,整天整夜括喇括喇唱着跳着的小涧儿,夹着那水响他又听着一阵小孩儿打哈哈,那声音他听得顶熟,他跳上一块三角棱的石头上往下看时,哈哈,可不是他的全家全在这水边儿作乐哪?那是小黄,那是小小黄,那是络儿,他们都站在浅水里,像一群小鸭儿似的,一会儿把他们那小嘴到水底石子里去溜几下,扭过头来向他们的胳支下狠劲的拧,拧完了挣开了一对小翼子,像是两片破伞,豁剌剌的摇,摇得水点儿乱飞,接着他们哥儿三就打哈哈,他们那样子顶乐的。还有贴近那野蔷薇的草堆的一块大石头蹲着的,可不是那一样会淘气的小灵儿,她比她的孩子也大不了多少,她今天是领了那群孩子上这儿洗澡来了,她自己蹲着看他们在水里闹,看的真乐;小黄打哈哈,小小黄打哈哈,都不要紧,就是那小络儿顶好玩,他那一打哈哈,妈妈也撑不住打哈哈了。

　　这时候他们一抬头见了他们的爸,他们爽性乐疯了直嚷,小小黄儿差一点掉下了水,因为他的小腿子还不大站得稳。但是我们的好小雀儿可不能跟他们一般见识,因为我们要记得他是那三个小小雀儿的老子,那小灵儿的丈夫。做家长的最讲究体统,在小孩儿面前不能随便的打哈哈,我们的小雀儿也懂得。所以虽则他自己也顶爱在水里打滚闹着玩,他常常背着他们自个儿出来寻快活,但是当着他们的面他就有他做老头子的嘴脸了。尤其这时候他有的是心事,他怕那大妖魔,吃了青天与太阳的妖魔就快作怪,他十二分的相信那小赌婆儿的大话。所以不等他们笑完,他就大声的说了一大篇的话,意思是大祸快临头了你们还在这里顽皮,他也怪他妻子不懂事,也不看看天时随便的带了一群孩子出来胡闹,说完了话,他就逼着他们赶快一起回家去躲起来。这一下可真是煞风景,小灵儿、小黄、小小黄、小络儿,全吓慌了,他们哈哈也不打了,澡也不洗了,战兢兢的张开了破伞似的翼子,跟着他们懂事的老子往回飞,可怜那小络儿小小黄儿真不济事,路上也不知道栽了好几回筋斗,

31

徐志摩漫话世情

幸亏有他们的爸妈看着没有闪坏，又好在他们的家也不远，一会儿就到了。小孩子们一见了家，好不快活，他们一个个抢着到窝里去躲好了，挨得紧紧的，一点声响也没有，他们的小心儿里又觉得害怕，又觉得好玩，不知怎么好似的。我们那小雀儿领了他们回到了家，也就放心得多，他这时候站在家门。斜着眼看小灵儿呆呆的蹲着，一半是怪她，一半是爱她，后来他忍不住就忽的一响跳过来，挨紧了她，把他那小嘴往她的头毛里窝着，算是亲爱的意思。小灵儿也懂事，知道她丈夫爱她也就紧紧的挨着他，浑身觉得暖和顶畅快的。这时候我们的小雀儿心里在想："现在好了，那小淘气的也回了家，我的蜜甜的小灵儿也挨着我，管他妖魔作怪不作怪，我再也不怕了。"

再过了不多时，在山顶上睡着的那块灰色的云也慢慢的动了，像是睡醒了，要不了一会儿他飞跑了，露出青青的山峰，还是像早上一样，在太阳光里亮着，头顶上也再没有一丝一斑的云气，只有一个青青的青天，望不见底的青天。这时候我们的小雀儿又在唱他的歌儿了，这会唱得更起劲，更好听，他又在赞美他崇拜的太阳与青天，他也笑他自己方才的着忙，他也好笑那小赌婆儿的说大话，他也记得那爱睡的小玲珑儿，也许这时候还是伏在那快开小白花儿的耐冬上做他的好梦……

载上海《小说月报》第 15 卷第 9 号 (1924 年 9 月 10 日)

一个清清的早上

翻身？谁没有在床上翻过身来？不错,要是你一上枕就会打呼的话,那原来用不着翻什么身;就使在半夜里你的睡眠的姿态从朝里变成了朝外,那也无非是你从第一个梦跨进第二个梦的意思;或是你那天晚饭吃得太油腻了,你在枕上扭过头颈去的时候你的口舌间也许发生些嗳哑的声响——可是你放心,就这也不能是梦话。

锷先生年轻的时候从不知道什么叫做睡不着,往往第二只袜子还不曾剥下他的呼吸早就调匀了,到了早上还得他妈三四次大声的叫嚷才能叫他擦擦眼皮坐起身来的。近来可变得多了,不仅每晚上床去不能轻易睡着,就是在半夜里使劲的禽着枕头想"着"而偏不着的时候也狠多。这还不碍,顶坏是一不小心就说梦话,先前他自己不信,后来连他的听差都带笑脸回说不错,先生您爱闭着眼睛说话,这来他吓了,再也不许朋友和他分床或是同房睡,怕人家听出他的心事。

锷先生今天早上的确在床上翻了身,而且不止一个,他早已醒过来,他眼看着稀淡的晓光在窗纱上一点点的添浓,一晃晃的转白,现在天已大亮了。他觉得狠倦,不想起身,可是再也合不上眼,这时他朝外床屈着身子,一只手臂直挺挺的伸出在被窝外面,半张着口,半开着眼,——他实在有不少的话要对自己说,有不少的牢骚要对自己发泄,有不少的委屈要向自己清理。这大清清的早上正合式。白天太忙;咒他的,一起身就有麻烦,白天直到晚上,清早直到黄昏,没有错儿;那儿有容他自己想心事的空闲,有几回在洋车上伸着腿合着眼顶舒服的,正想搬出几个私下的意思出来盘桓盘桓,可又偏偏不争气洋车一拐弯他的心就像含羞草让人搔了一把似的裹得紧紧的再也不往外放;他顶恨是在洋车上打盹,有几位吃肥肉的歪着他们那原来不正的脑袋,口液一绞绞的简直像水葫芦似的直往下挂,那样儿才叫寒伧!可是他自己一坐车也掌不住下巴往胸口沉,至多赌咒不让口液往下漏就是。这时候躺在自己的床上,横直也睡不着了,有心事尽管想,随你把心事说出口都不碍,这洋房子漏不了气。对!他也真该仔细的想一想了。

其实又何必想,这干想又有什么用?反正是这么一会事,啵!一兜身他又往里床睡了,被窝漏了一个大窟窿,一阵冷空气攻了进来激得他直打寒噤。哼,火又灭了,老崔真该死!吭!好好一个男子,为什么甘愿受女人的气,真没出息!难道没了女人,这世界就不成世界?可是她那双眼,她那一双手——那怪男人们不拜倒——O,mouth of honey,with the thyme for fragrance,who with heart in breast could deny your love?这两性间的吸引是不可少的,男人要是不喜欢女人,老实说,这世界就不成世界!可是我真的爱她吗?这时候鄂先生伸在外面的一只手又回进被封里去了,仰面躺着。就剩一张脸露在被口上边,端端正正的像一个现制的木乃伊。爱她不爱她……这话就难说了;喜欢她,那是不成问题。她要是真做了我的……哈哈那可逗了,老孔准气得鼻孔里冒烟,小彭气得小肚子发胀,老王更不用说,一定把他那管铁锈了的白郎林拿出来不打我就毁他自己。咳,他真会干,你信不信?你看昨天他靠着墙的时候那神气，简直仿佛一只饿急了的野兽，我真有点儿怕他！咢先生的身子又弯了起来，一只手臂又出现了。得了，别做梦吧，她是不会嫁我的，她能懂得我什么？她只认识我是一个比较漂亮的留学生，只当我是一个情急的求婚人，只把我看作跪在她跟前求布施的一个——她压根儿也没想到我肚子里究竟是青是黄，我脑袋里是水是浆——这那儿说得上了解，说得上爱？早着哪！可是……咢先生又翻了一个身。可是要能有这样一位太太，也够受用了，说一句良心话放在跟前不讨厌，放在人前不着急。这不着急顶要紧。要像是杜国朴那位太太朋友们初见面总疑心是他的妈，那我可受不了！长得好自然便宜，每回出门的时候，她轻轻的软软的挂在你的臂弯上，这就好比你捧着一大把的百合花，又香又艳的，旁人见了羡慕，你自己心里舒服，你还要什么？还有到晚上看了戏或是跳过舞一同回家的时候，她的两靥让风刮得红村村的，口唇上还留着三分的胭脂味儿，那时候你拥着她一同走进你们又香又暖的卧房，在镜台前那盏鹅黄色的灯光下，仰着头，斜着脸，瞟你这么一眼，那是……那是……咢先生这时候两只手已经一齐挣了出来，身体也反扑了过来，背仰着天花板，狠劲的死挤他那已经半瘪了的枕头。那枕头要是玻璃做的，早就让他挤一个粉碎！

　　唉！咢先生喘了口长气，又回复了他那木乃伊的睡法。唉，不用想太远了；按昨儿那神气下回再见面她整个儿不理会我都难说哩！我为她心跳，为她吃不下饭，为她睡不着，为她叫朋友笑话，她，她那里知道？就使知道了她也不得理会。女孩儿的心肠有时真会得硬，谁说的"冷酷"，一点也不错，你为她伤了风生病，她就说你自个儿不小心，活该，就使你为她吐出了鲜红的心血，她还会说你自己走道儿不谨慎叫鼻子碰了墙或是墙碰了你的鼻子，现在闹鼻血从口腔里哼出来吓呵人哪！

35

咳,难,难,难,什么战争都有法子结束,就这男女性的战争永远闹不出一个道理来;凡人不中用,圣人也不中用,平民不成功,贵族也不成功。哼,反正就是这么回事,随你绕大弯儿小弯儿想去,回头还是在老地方,一步也没有移动。空想什么,咒他的——我也该起来了。老崔!老崔!打脸水。

船 上

"这草多青呀！"腴玉简直的一个大筋斗滚进了河边一株老榆树下的草里去了。她反仆在地上，直挺着身子，双手纠着一把青草，尖着她的小鼻子尽磨尽闻尽亲。"你疯了，腴腴！不怕人家笑话，多大的孩子，到了乡下来学叭儿狗打滚！"她妈嗔了。她要是真有一根矮矮的尾巴，她准会使劲的摇；这来其实是乐极了，她从没有这样乐过。现在她没有尾巴，她就摇着她的一双瘦小的脚踝，一面手支着地，扭过头来直嚷："娘！你不知道我多乐，我活了二十来岁，就不知道地上的青草可以叫我乐得发疯；娘！你也不好，尽逼着我念书，要不然就骂我，也不叫我闻闻青草是什么味儿！"她声音都哑了两只眼里绽出两朵大眼泪，在日光里亮着，像是一对水晶灯。

真的她自己想着也觉得可笑；怎么的二十来岁的一位大姑娘，连草味儿都没闻着过？还有这草的颜色青的多嫩呀，像是快往下吊的水滴似的。真可爱！她又亲了一口。比什么珠子宝贝都可爱，这青草准是活的，有灵性的；就可惜你不知道她的名字，要不然你叫她一声她准会甜甜的答应你，比阿秀那丫头的声音蜜甜的多。她简直的爱上了她手里捧着的草瓣儿，她心里一阵子的发酸，一颗粗粗的眼泪直掉了下来，真巧,恰好吊在那草瓣儿上,沾着一点儿,草儿微微的动着,对! 她真懂得我,她也一定替我难受。这一想开;她也不哭了。她爬了起来,她的淡灰色的哔叽裙上沾着好几块的泥印,像是绣上了绣球花似的,顶好玩,她空举着一双手也不去拂拭心里觉得顶痛快的,那半涩半香的青草味儿还是在她的鼻孔里轻轻的逗着,仿佛说别忘了我别忘了我。她妈看着她那傻劲儿,实在舍不得再随口骂,伸手拉一拉自己的衣襟走上一步,软着声音说,"腴腴,不要疯了,快走吧。"

腴玉那晚睡在船上。这小航船已经够好玩,一个大箱子似的船舱,上面盖着芦席,两边两块顶中间嵌小方玻璃的小木窗,左边一块破了一角,右边一块长着几块疙疸儿像是水泡疮;那船梢更好玩,翘得高高的像是乡下老太太梳的元宝髻。开船的时候,那赤腿赤脚的船家就把那支又笨又重的橹安上了船尾尖上的小铁锤儿,那磨得铄亮的小铁拳儿,船家的大脚拇指往前一扁一使劲,那橹儿就推着一股水叫一声"姓纪",船家的脚跟向后一顿身子一仰,那橹儿就扳着一股水叫一声"姓贾",这一纪一贾,这只怪可怜的小航船儿就在水面上晃着她的黄鱼口似的船头直向前溜,底下托托的一阵水响怪招痒的。腴玉初下船时受不惯,真的打上了好几个寒噤,但要不了半个钟头就惯了。她倒不怕晕,她在垫褥上盘腿坐着,臂膀靠着窗,看一路的景致,什么都是从不曾见过似的,什么都好玩——那横肚里长出来的树根像老头儿脱尽了牙的下巴,在风里摇摆着的芦梗,在水边洗澡的老鸦,露出半个头一条脊背的水牛,蹲在石渡上洗衣服的乡下女孩子,仰着她那一块黄糙布似的脸子呆呆的看船,旁边站着男小孩子,不满四岁光景,头顶笔竖着一根小尾巴,脸上画着泥花,手里拿着树条,他也呆呆的看船。这一路来腴玉不住的叫着妈:这多好玩,那多好玩;她恨不得自己也是个乡下孩子,整天去弄水弄泥没有人管,但是顶有趣的是那水车,活像是一条龙,一斑斑的龙鳞从水里往上爬;乡下人真聪明,她心里想,这一来河里的水就到了田里去,谁说乡下人不机灵?喔,你看女人也来踏水的,你看他们多乐呀,两个女的,一个男的,六条腿忙得什么似的尽踩,有一个长得顶秀气,头上还戴花那,她看着我们船直笑。妈你听呀,这不是真正的山歌!什么李花儿桃花儿的我听不清,好听,妈,谁说做乡下人苦,你看他们做工都是顶乐的,赶明儿我外国去了回来一定到乡下来做乡下人,踏水车儿唱山歌,我真干,妈,你信不信?

她妈领着她替她的祖母看坟地来的。看地不是她的事;她这来一半天的工夫见识可长了不少。真的你平常不出门你永远不得知道你自个儿的见识多么浅陋得可怕,连一个七八岁的乡下姑娘都赶不上,你信不信?可不是我方才拿着麦子叫稻,点着珍珠米梗子叫芋头,招人家笑话。难为情,芋头都认不清,那光头儿的大荷叶多美;榆钱儿也好玩真像小钱,我书上念过,可从没有见过,我检了十几个整圆的拿回去给妹妹看。还有那瓜蔓也有趣,像是葡萄藤,沿着棚匀匀的爬着,方才那红眼的小养媳妇告诉我那是南瓜,到了夏天长得顶大顶大的,有头二十斤重,挂在这细条子上,风吹雨打都不易吊,你说这天下的东西造的多伶巧多奇怪呀。这晚上她睡在船舱里怎么也睡不着。腿有点儿酸,白天路跑多了。眼也酸,可又合不紧,还是开着吧。舱间里黑沉沉的,妈已经睡着了,外舱老妈子丫头在那儿怪寒伧的打呼。她偏睡不着,脑筋里新来的影子真不少,像是家里有事情屋子里满了的全是外来的客,有的脸熟,有的不熟;又像是迎会,一道道的迎过去;又像是走马灯,转了去又回来了。一纪一贾的橹声,轧轧的水车,那水面露着的水牛鼻子,那一田的芋头叶,那小孩儿的赤腿,吃晚饭时乡下人拿进来那碗螺丝肉,桃花李花的山

39

徐志摩漫话世情

歌,那座小木桥,那家带卖茶的财神庙,那河边青草的味儿……全在这儿,全在她的脑壳里挤着,也许他们从此不出去了。这新来客一多,原来的家里人倒像是躲起来了,腴玉,这天以前的腴玉,她的思想,她的生活,她的烦恼,她的忧愁,全躲起来了,全让这芋头水牛鼻子螺丝肉挤跑了,她仿佛是另投了胎,换了一个人似的,就连睡在她身旁的妈都像是离得很远,简直不像是她亲娘,她仿佛变了那赤着腿脸上涂着泥手里拿着树条站在河边瞪着眼的小孩儿,不再是她原来的自己。哦,她的梦思风车似的转着,往外跳的谷皮全是这一天的新经验,与那二十年间在城市生长养大的她绝对的联不起来,这是怎么回事……

她翻过身去,那块长疙疤的小玻璃窗外天光望见了她。咦,她果然是在一只小航船里躺着,并不是做梦。窗外白白的是什么光呀,她一仰头正对着岸上那株老榆树顶上爬着的几条月亮,本来是个满月,现在让榆树叶子揉碎了。那边还有一颗顶亮的星,离着月亮不远,腴玉益发的清醒了。这时船身也微微的侧动,船尾那里隐隐的听出水声,像是虫咬什么似的响着,远远有风声,狗叫声也分明的听着,她们果然是在一个荒僻的乡下过夜,也不觉得害怕,多好玩呀! 再看那榆树顶上的月亮,这月色多清,一条条的光亮直打到你眼里来,叫你心窝里一阵阵的发冷,叫你什么不愿意想着的事情全想了起来,呀,这月光……

这一转身,一见月光,二十年的她就像孔雀开屏似的花斑斑的又支上了心来。满屋子的客人影子都不见了。她心里一阵子发冷,她还是她,她的忧愁,她的烦恼,压根儿就没有离着她——她妈也转了一个身,她的迟重的呼吸就在她的身旁。

载北京《现代评论》第 1 卷第 18 期(1925 年 4 月 11 日)

"浓得化不开"(星加坡)[①]

大雨点打上芭蕉有铜盘的声音,怪。"红心蕉",多美的字面。红得浓得好。要红,要热,要烈,就得浓,浓得化不开,树胶似的才有意思,"我的心像芭蕉的心,红……"不成!"紧紧的卷着,我的红浓的芭蕉的心……"更不成。趁早别再诌什么诗了。自然的变化,只要你有眼,随时随地都是绝妙的诗。完全天生的。白做就不成。看这骤雨,这万千雨点奔腾的气势,这迷濛,这煊染,看这一小方草地生受这暴雨的侵凌,鞭打,针刺,脚踹,可怜的小草,无辜的……可是慢着,你说小草要是会说话。它们会嚷痛,会叫冤不?难说他们就爱这门儿——出其不意的,使蛮劲的,太急一些,当然,可这正见情热,谁说这外表的凶狠不是变相的爱。有人就爱这急劲儿!

再说小草儿吃亏了没有,让急雨狼虎似的胡亲了这一阵子?别说了,它们这才真漏着喜色哪,绿得发亮,绿得生油,绿得放光。它们这才乐哪!

呒,一首淫诗。蕉心红得浓,绿草绿成油。本来木,自然就是淫,它

---

① 初发表时题中无"(星加坡)",后此文收入《轮盘》一书时改今题。

41

那从来不知厌满的创化欲的表现还不是淫：淫，甚也。不说别的，这雨后的泥草间就是万千小生物的胎宫，蚊虫，甲虫，长脚虫，青跳虫，慕光明的小生灵，人类的大敌。热带的自然更显得浓厚，更显得猖狂，更显得淫，夜晚的星都显得玲珑些，像要向你说话半开的妙口似的。

可是这一个人耽在旅舍里看雨，够多凄凉。上街不知向那儿转，一只热脸都看不见，话都说不通，天又快黑，胡湿的地，你上那儿去？得。"有孤王……"一个小声音从廉枫的嗓子里自己唱了出来。"坐至在梅……"怎么了！哼起京调来了？一想着单身就转着梅龙镇，再转就该是李凤姐了吧，哼！好，从高超的诗思堕落到腐败的戏腔！可是京戏也不一定是腐败，何必一定得跟着现代人学势利？正德皇帝在梅龙镇上林廉枫在星家坡。他有凤姐，我——惭愧没有。廉枫的眼前晃着舞台上凤姐的倩影，曳着围巾，托着盘，踩着跷。"自幼儿"……去你的！可是这闷是真的。雨后的天黑得更快，黑影一幕幕的直盖下来，麻雀儿都回家了。干什么好呢？有什么可干的？这叫做孤单的况味。这叫做闷。怪不得唐明皇在斜谷口听着栈道中的雨声难过，良心发见，想着玉环……我负了卿，负了卿……转自忆荒茔——呃，又是戏！又不是戏迷，左哼右哼哼什么的！出门吧。

廉枫跳上了一架厂车，也不向那带回子帽的马来人开口，就用手比了一个丢圈子的手势。那马来人完全了解，脑袋微微的一侧，车就开了。焦桃片似的店房，黑芝麻长条饼似的街，野兽似的汽车，磕头虫似的人力车，长人似的树，矮树似的人。廉枫在急掣的车上快镜似的收着模糊的影片，同时顶头风刮得他本来梳整齐的分边的头发直向后冲，有几根沾着他的眼皮痒痒的舐，掠上了又下来，怪难受的。这风可真凉爽，皮肤上，毛孔里，那儿都受用，像是在最温柔的水波里游泳。做鱼的快乐。气流似乎是密一点，显得沉。一只疏荡的胳膊压在你的心窝上……确是有肉糜的气息，浓得化不开。快，快，芭蕉的巨灵掌，椰子树的旗头，橡皮树的白鼓眼，棕榈树的毛大腿，合欢树的红花痢，无花果树的要饭腔，蹲着脖子，弯着臂膊……快，快：马来人的花棚，中国人家的氅灯，西洋人家的牛奶瓶，回子的回子帽，一脸的黑花，活像一只煨灶的猫……

车忽然停住在那有名的潴水潭的时候廉枫快活的心轮转得比车轮更显得快，这一顿才把他从幻想里甩了回来。这时候旅困是完全叫风给刮散了。风也刮散了天空的云，大狗星张着大眼霸占着东半天，猎夫只看见两只腿，天马也只漏半身，吐鲁士牛大哥只翘着一支小尾。咦，居然有湖心亭。这是谁的主意？红毛人都雅化了，唉。不坏，黄昏未死的紫曛，湖边丛林的倒影，林树间艳艳的红灯，瘦玲玲的窄堤桥连通着湖亭。水面上若无若有的涟漪，天顶几颗疏散的星。真不坏。但他走上堤桥不到半路就发见那亭子里一齿齿的把柄，原来这是为安量水表的，可这也将就，反正轮廓是一座湖亭，平湖秋月……呓，有人在哪！这回他发现的是靠亭阑的一双人影，本来是糊成一饼的，他一走近打搅了他们。"道歉，有扰清兴，但我还不只是一朵游云，虑俺作甚。"廉枫默诵着他戏白的念头，粗粗望了望湖，转身走了回去。"苟……"他坐上车起首想，但他记起了烟卷，忙着在风尖上划火，下文如其有，也在他第一喷龙卷烟里没了。

廉枫回进旅店门仿佛又投进了昏沈的圈套。一阵热，一阵烦，又压上了他在晚凉中疏爽了来的心胸。他正想叹一口安命的气走上楼去，他忽然感到一股彩流的袭击从右首窗边的桌座上飞骠了过来。一种巧妙的敏锐的刺激，一种秾艳的警告，一种不是没有美感的迷惑。只有在

43

巴黎晦盲的市街上走进新派的画店时，仿佛感到过相类的惊瞿。一张佛拉明果的野景，一幅玛提斯的窗景，或是佛朗次马克的一方人头马面。或是马克夏高尔的一个卖菜老头。可这是怎么了，那窗边又没有挂什么未来派的画，廉枫最初感觉到的是一球大红，像是火焰；其次是一片乌黑，墨晶似的浓，可又花须似的轻柔；再次是一流蜜，金漾漾的一泻，再次是朱古律 Chocolate，饱和着奶油最可口的朱古律。这些色感因为浓初来显得凌乱，但瞬息间线条和轮廓的辨认笼住了色彩的蓬勃的波流。廉枫幽幽的喘了一口气。"一个黑女人，什么了！"可是多妖艳的一个黑女，这打扮真是绝了，艺术的手腕神化了天生的材料，好！乌黑的惺忪的是她的发，红的是一边鬓角上的插花，蜜色是她的玲巧的挂肩，朱古律是姑娘的肌肤的鲜艳，得儿朗打打，得儿铃丁丁……廉枫停步在楼梯边的欣赏不期然的流成了新韵。

　　"还漏了一点小小的却也不可少的点缀，她一只手腕上还带着一小支金环哪。"廉枫上楼进了房还是尽转着这绝妙的诗题——色香味俱全的奶油朱古律，耐宿儿老牌，两个辨士一厚块，拿铜子往轧缝里放，一，二，再拉那铁环，喂，一块印金字红纸包的耐宿儿奶油朱古律。可口！最早黑人上画的怕是孟内那张奥林比亚吧，有心机的画家，廉枫躺在床上在脑筋里翻着近代的画史。有心机有胆识的画家，他不但敢用黑而且敢用黑来衬托黑，唉，那斜躺着的奥林比亚不是发上也插着一朵花吗？底下的那位很有点像奥林比亚的抄本，就是白的变黑了。但最早对朱古律的肉色表示敬意的可还得让还高根，对了，就是那味儿，浓得化不开，他为人间，发见了朱古律皮肉的色香味，他那本 Noa,Noa 是二十世纪的"新生命"——到半开化，全野蛮的风土间去发见文化的本真，开辟文艺的新感觉……

但底下那位朱古律姑娘倒是作什么的？作什么的傻子！她是一个人道主义者，一筏普济的慈航，她是赈灾的特派员，她是来慰藉旅人的幽独的。可惜不曾看清她的眉目，望去只觉得浓，浓得化不开，谁知道她眉清还是目秀。眉清目秀！思想落后！唯美派的新字典上没有这类腐败的字眼。且不管她眉目，她那姿态确是动人，怯怜怜的，简直是秀丽，衣服也剪裁得好，一头蓬松的乌霞就耐人寻味。"好花儿出至在僻岛上！"廉枫闭着眼又哼上了……

"谁？"悉率的门响将他从床上惊跳了起来，门慢慢的自己开着，廉枫的眼前一亮，红的！一朵花！是她！进来了！这怎么好！镇定，傻子，这怕什么。

她果然进来了，红的、蜜的、乌的、金的、朱古律、耐宿儿、奶油全进来了你不许我进来吗？朱古律笑口的低声的唱着，反手关上了门。这回眉目认得清楚了。清秀，秀丽，韶丽；不成，实在得另翻一本字典，可是"妖艳"，总合得上。廉枫迷胡的脑筋里挂上了"妖""艳"两个大字。朱古律姑娘也不等请，已经自己坐上了廉枫的床沿。你倒像是怕我似的，我又不是马来半岛上的老虎！朱古律的浓重的色浓重的香团团围裹住了半心跳的旅客。浓得化不开！李凤姐，李凤姐，这不是你要的好花儿自己来了！笼着金环的一支手腕放上了他的身，紫姜的一支小手把住了他的手。廉枫从没有知道他自己的手有那样的白。"等你家哥哥回来"……廉枫觉得他自己变了骤雨下的小草，不知道是好过，也不知道是难受。湖心亭上那一饼子黑影。大自然的创化欲。你不爱我吗？朱古律的声音也动人——脆，幽，媚。一只青蛙跳进了池潭，扑崔！猎夫该从林子里跑出来了吧？你不爱我吗？我知道你爱，方才你在楼梯边看我我就知道，对不对亲孩子？紫姜辣上了他的面庞，救驾！快辣上他的口唇了。可怜的孩子，一个人住着也不

45

嫌冷清,你瞧,这胖胖的荷兰老婆都让你抱瘪了,你不害臊吗?廉枫一看果然那荷兰老婆让他给挤扁了,他不由的觉得脸上有些发烧。我来做你的老婆好不好?朱古律的乌云都盖下来了。"有孤王……"使不得。朱古律,盖苏文,青面獠牙的……"乾米一家的姑母,"血盆的大口,高耸的颧骨,狼嗥的笑响……鞭打,针刺,脚踢——喜色,呸,见鬼! 唷,闷死了,不好,茶房!

廉枫想叫可是嚷不出,身上油油的觉得全是汗。醒了醒了,可了不得,这心跳得多厉害。荷兰老婆活该遭劫,夹成了一个破烂的葫芦。廉枫觉得口里直发腻,紫姜,朱古律,也不知是什么。浓得化不开。

十七年一月

载上海《新月》杂志第 1 卷第 10 号(1928 年 12 月)

"浓得化不开"之二(香港)

廉枫到了香港,他见的九龙是几条盘错的运货车的浅轨,似乎有头,有尾,有中段,也似乎有隐现的爪牙,甚至在火车头穿度那栅门时似乎有迷漫的云气。中原的念头,虽则有广九车站上高标的大钟的暗示,当然是不能在九龙的云气中幸存。这在事实上也省了许多无谓的感慨。因此眼看着对岸,屋宇像樱花似盛开着的一座山头,如同对着希望的化身,竟然欣欣的上了渡船。从妖龙的脊背上过渡到希望的化身去。

富庶,真富庶,从街角上的水果摊看到中环乃至上环大街的珠宝店;从悬挂得如同 Banyan①树一般繁衍的腊食及海味铺看到穿着定阔花边艳色新装走街的粤女;从石子街的花市看到饭店门口陈列着"时鲜"的花狸金钱豹以及在浑水盂内倦卧着的海狗鱼,唯一的印象是一个不容分析的印象:浓密,琳琅。琳琅,琳琅,廉枫似乎听得到钟磬相击的声响。富庶,真富庶。

但看香港,至少玩香港少不了坐吊盘车上山去一趟。这吊着上去是有些好玩。海面,海港,海边,都在轴辘声中继续的往卜沉。对岸的山,龙

---

① 即榕树。

蛇似盘旋着的山脉,也往下沉。但单是直落的往下沉还不奇,妙的是一边你自身凭空的往上提,一边绿的一角海,灰的一陇山,白的方的房屋,高直的树,都怪相的一头吊了起来,结果是像一幅画斜提着看似的。同时这边的山头从平放的馒头变成侧竖的,山腰里的屋子从横刺里倾斜了去,相近的树木也跟着平行的来。怪极了。原来一个人从来不想到他自己的地位也有不端正的时候;你坐在吊盘车里只觉得眼前的事物都发了疯,倒竖了起来。

但吊盘车的车里也有可注意的。一个女性在廉枫的前几行椅座上坐着。她满不管车外拿大鼎的世界,她有她的世界。她坐着,屈着一只腿,脑袋有时枕着椅背,眼向着车顶望,一个手指含在唇齿间。这不由人不注意。她是一个少妇与少女间的年轻女子。这不由人不注意,虽则车外的世界都在那里倒竖着玩。

她在前面走。上山。左转弯,右转弯,宕一个山腰的弧线,她在前面走。沿着山堤,靠着岩壁,转入 Aloe① 丛中,绕着一所房舍,抄一摺小径,拾几级石磴,她在前面走。如其山路的姿态是婀娜,她的也是的。灵活的山的腰身,灵活的女人的腰身。浓浓的摺叠着,融融的松散着。肌肉的神奇! 动的神奇!

廉枫心目中的山景,一幅幅的舒展着,有的山背海,有的山套山,有的浓荫,有的巉岩,但不论精粗,每幅的中点总是她,她的动,她的中段的摆动。但当她转入一个比较深奥的山坳时廉枫猛然记起了 Tan-hauser 的幸运与命运——吃灵魂的薇纳丝。一样的肥满。前面别是她的洞府呪,危险,小心了!

---

① 即芦荟。

她果然进了她的洞府,她居然也回头看来。她竟然似乎在回头时露着微哂的瓠犀。孩子,你敢吗?那洞府径直的石级竟像直通上天。她进了洞了。但这时候路旁又发生一个新现象,惊醒了廉枫"邓浩然"的遐想。一个老婆子操着最破烂的粤音问他要钱。她不是化子,至少不是职业的,因为她现成有她体面的职业。她是一个劳工。她是一个挑砖瓦的。挑砖瓦上山因红毛人要造房子。新鲜的是她同时挑着不止一副重担,她的是局段的回复的运输。挑上一担,走上一节路,空身下来再挑一担上去,如此再下再上,再下再上。她不但有了年纪,她并且是个病人。她的喘是哮喘,不仅是登高的喘,她也咳嗽,她有时全身都咳嗽。但她可解释错了。她以为廉枫停步在路中是对她发生了哀怜的趣味;以为看上了她! 她实在没有注意到这位年轻人的眼光曾经飞注到云端里的天梯上。她实想不到在这寂寞的山道上会有与她利益相冲突的现象。她当然不能使她失望。当得成全他的慈悲心。她向他伸直了她的一只焦枯得像贝壳似的手,口里呢喃着在她是最软柔的语调。但"她"已经进洞府了。

　　往更高处去。往顶峰的顶上去。头顶着天,脚踏着地尖,放眼到寥廓的天边,这次的凭眺不是寻常的凭眺。这不是香港,这简直是蓬莱仙岛,廉枫的全身,他的全人,他的全心神,都感到了醋醉,觉得震荡。宇宙的肉身的神奇。动在静中,静在动中的神奇。在一刹那间,在他的眼内,在他的全生命的眼内,这当前的景象幻化成一个神灵的微笑,一折完美的歌调,一朵宇宙的琼花。一朵宇宙的琼花在时空不容分扰的仙掌上俄然的擎出了它全盘的灵异。山的起伏,海的起伏,光的起伏;山的颜色,水的颜色,光的颜色——形成了一种不可比况的空灵,一种不可比况的节奏,一种不可比况的谐和。一方宝石,一球纯晶,一颗珠,一个水泡。

　　但这只是一刹那,也许只许一刹那。在这刹那间廉枫觉得他的脉搏都止息了跳动。他化入了宇宙的脉搏。在这刹那间一切都融合了,一切都消纳了,一切都停止了它本体的现象的动作来参加这"刹那的神奇"的伟大的化生。在这刹那间他上山来心头累聚着的杂格的印象与思绪梦似的消失了踪影,倒挂的一角海,龙的爪牙,少妇的腰身,老妇人的手与乞讨的碎琐,薇纳丝的洞府,全没了。但转瞬间现象的世界重复回还。一层纱幕,适才睁眼纵览时顿然揭去的那一层纱幕,重复不容商榷的盖上了大地。在你也回复了各自的辨认的感觉。这景色是美,美极了的,但不再是方才那整个的灵异。另一种文法,一种关键,另一种意义也许,但不再是那个。它的来与它的去,正如恋爱,正如信仰,不是意力可以支配,可以作主的。他这时候可以分别的赏识这一峰是一个秀挺的莲苞,那一屿像一只雄蹲的海豹,或是那湾海像一钩的眉月;他也能欣赏这幅天然画图的色彩与线条的配置,透视的匀整或是别的什么,但他见的只是一座山峰,一湾海,或是一幅画图。他尤其惊讶那波光的灵秀,有的是绿玉,有的是紫晶,有的是琥珀,有的是翡翠,这波光接连着山峰的晴霭,化成一种异样的珠光,扫荡着无际的青空,但就这也是可以指点,可以比况给你身旁的友伴的一类诗意,也不再是初起那回事。这层遮隔的纱幕是盖定的了。

因此廉枫拾步下山时心胸的舒爽与恬适不是不和杂着,虽则是隐隐的,一些无名的惆怅。过山腰时他又飞眼望了望那"洞府",也向路侧寻觅那挑砖瓦的老妇,她还是忙着搬运着她那搬运不完的重担,但她对他犹是对"她",兴趣远不如上山时的那样馥郁了。他到半山的凉座地方坐下来休息时,他的思想几乎完全中止了活动。

载上海《新月》杂志第 2 卷第 1 号(1929 年 3 月)

死城(北京的一晚)

廉枫站在前门大街上发怔。正当上灯的时候,西河沿的那一头还漏着一片焦黄。风算是刮过了,但一路来往的车辆总不能让道上的灰土安息。他们忙的是什么?翻着皮耳朵的巡警不仅得用手指,还得用口嚷,还得旋着身体向左右转。翻了车,碰了人,还不是他的事?声响是杂极了的,但你果然当心听的话,这匀匀的一片也未始没有它的节奏;有起伏,有波折,也有间歇。人海里的潮声。廉枫觉得他自己坐着一叶小艇从一个涛峰上颠渡到又一个涛峰上。他的脚尖在站着的地方不由的往下一按,仿佛信不过他站着的是坚实的地土。

在灰土狂舞的青空兀突着前门的城楼,像一个脑袋,像一个枯髅。青底白字的方块像是枯髅脸上的窟窿,显着无限的忧郁,廉枫从不曾想到前门会有这样的面目。它有什么忧郁? 它能有什么忧郁。可也难说,明陵的石人石马,公园的公理战胜碑,有时不也看得发愁? 总像是有满肚的话无从说起似的。这类东西果然有灵性,能说话,能冲着来往人们打哈哈,那多有意思! 但前门现在只能沈默,只能忍受——忍受黑暗,忍受漫漫的长夜。它即使有话也得过些时候再说,况且它自己的脑壳都已让给蝙蝠们,耗子们做了家,这时候它们正在活动,——它即使能说话也不能说。这年头一座城门都有难言的隐衷,真是的!在黑夜的逼近中,它那壮伟,它那博大,看得多么远,多么孤寂,多么冷。

大街上的神情可是一点也不见孤寂,不见冷。这才是红尘,颜色与光亮的一个斗胜场。够好看的。你要是拿一块绸绢盖在你的脸上再望这一街的红艳,那完全另是一番景象。你没有见过威尼市大运河上的晚照不是?你没有见过纳尔逊大将在地中海口轰打拿破仑舰队不是?你也没有见过四川青城山的朝霞,英伦泰晤士河上雾景不是?好了,这来用手绢一护眼看前门大街——你全见着了。一转手解开了无穷的想像的境界,多巧!廉枫搓弄着他那方绸绢不是不得意他的不期的发现。但他一转身又瞥见了前门城楼的一角,在灰苍中隐现着。

进城吧。大街有什么可看的?那外表的热闹正使人想起丧事人家的鼓吹,越喧阗越显得凄凉。况且他自己的心上又横着一大饼的凉,凉得发痛。仿佛他内心的世界也下了雪,路旁的树枝都蘸着银霜似的。道旁树上的冰花可真是美;直条的,横条的,肥的瘦的,梅花也欠他几分晶莹,又是那恬静的神情,受苦还是含着笑。可不是受苦,小小的生命躲在枝干最中心的纤微里耐着风雪的侵凌——它们那心窝里也有一大饼的凉。但它们可不怨;它们明白,它们等着,春风一到它们就可以抬头,它们知道,荣华是不断的。生命是悠久的。

生命是悠久的。这大冷天,雪风在你的颈根上直刺,虫子潜伏在泥土里等打雷,心窝里带着一饼子的凉,你往那儿去?上城墙去望望不好吗?屋顶上满铺着银,僵白的树木上也不见恼人的春色,况且那东南角上亮亮的不是上弦的月正在升起吗?月与雪是有默契的。残破的城砖上停留着残雪的斑点,像是无名的伤痕,月光澹澹的斜着来,如同有手指似的抚摩着它的荒凉的伙伴。猎夫星正从天边翻身起来,腰间翘着箭囊,卖弄着他的英勇。西山的屏峦竟许也望得到,青青的几条发丝勾勒着沈郁的暝色,这上面悬照着太白星耀眼的宝光。灵光寺的木叶,秘魔岩的沈寂,香山的冻泉,碧云山的云气,山坳里间或有一星二星的火光,在雪意的惨淡里点缀着惨淡的人迹……这算计不错,上城墙去,犯着寒,冒着夜。黑黑的,孤另另的,看月光怎样把我的身影安置到雪地里去。廉枫正走近交民巷一边的城根,听着美国兵营的溜冰场里的一阵笑响,忽然记起这边是帝国主义的禁地,中国人怕不让上去。果然,那一个长六尺高一脸糟瘢守门兵只对他摇了摇脑袋,磨着他满口的橡皮,挺着胸脯来回走他的路。

不让进去,辜负了,这荒城,这凉月。这一地的银霜。心头那一饼还是不得疏散。郁得更凉了。不到一个适当的境地你就不敢拿你自己尽量的往外放,你不敢面对你自己;不敢自剖。仿佛也有个糟瘢脸的把着门哪。他不让进去。有人得喝够了酒才敢打倒那糟瘢脸的。有人得仰仗迷醉的月色。人是这软弱。什么都怕,什么都不敢当面认一个清切;最怕看见自己。得! 还有什么地方可去的? 敢去吗?

廉枫抬头望了望星。疏疏的没有几颗。也不显亮。七姊妹倒看得见,挨得紧紧的,像一球珠花。顺着往东去不好吗? 往东是顺的。地球也是这么走。但这陌生的胡同在夜晚觉得多深沈,多窈远。单这静就怕人。半天也不见一副卖萝卜或是卖杂吃的小担。他们那一个小火,照出红是红青是青的,在深巷里显得多可亲,多玲珑,还有他们那叫卖声,虽则有时曳长得叫人听了悲酸,也是深巷里不可少的点缀。就像是空白的墙壁上挂上了字画,不论精粗,多少添上一点人间的趣味。你看他们把担子歇在一家门口,站直了身子,昂着脑袋,裂着大口唱——唱脖子里筋都暴起了。这来邻近那家都不能不听见。那调儿且在那空气里转着哪——他们自个儿的口鼻间蓬蓬的晃着一团的白云。

今晚什么都没有。狗都不见一只。家门全是关得紧紧的。墙壁上的油灯———一小米的火——活像是鬼给点上的,方便鬼的。骡马车碾烂的雪地,在这鬼火的影映下,都满是鬼意。鬼来跳舞过的。化子们叫雪给埋了。口袋里有的是铜子,要见着化子在这年头,还有不布施的静:空虚的静,墓底的静。这胡同简直没有个底。方才拐了没有?廉枫望了望星知道方向没有变。总得有个尽头,赶着走吧。

走完了胡同到了一个旷场。白茫茫的。头顶星显得更多更亮了。猎夫早就全身披挂的支起来了,狗在那一头领着路。大熊也见了。廉枫打了一个寒噤。他走到了一座坟山。外国人的,在这城根。也不知怎么的,门没有关上。他进了门。这儿地上的雪比道上的白得多,松松的满没有斑点。月光正照着。墓碑有不少,疏朗朗的排列着,一直到黑巍巍的城根。有高的,有矮的,也有雕镂着形像的。悄悄的全戴着雪帽,盖着雪被,悄悄的全躺着。这倒有意思,月下来拜会洋鬼子,廉枫叹了一口气。他走近一个墓墩,拂去了石上的雪,坐了下去。石上刻着字,许是金的,可不易辨认。廉枫拿手指去摸那字迹。冷极了!那雪腌过的石板吸墨纸似的猛收着他手指上的体温。冷得发僵,感觉都失了。他哈了口气再摸,仿佛人家不愿意你非得请教姓名似的。摸着了,原来是一位姑娘,FRAULEIN ELIZA BERKSON。还得问几岁! 这字小更费事,可总得知道。早三年死的。二十八减六是二十二。呀,一位妙年姑娘,才二十二岁的! 廉枫感到一种奇异的战栗,从他的指尖上直通到发尖;仿佛身背有一个黑影子在晃动。但雪地上只有澹白的月光。黑影子是他自己的。

做梦也不易梦到这般境界。我陪着你哪,外国来的姑娘。廉枫的肢体在夜凉里冻得发了麻,就是胸潭里一颗心热热的跳着,应和着头顶明星的闪动。人是这软弱，他非得要同情。盘踞在肝肠深处的那些非得要一个尽情倾吐的机会。活的时候得不着，临死，只要一口气不曾断，还非得招承。眼珠已经褪了光，发音都不得清楚，他一样非得忏悔。非得到永别生的时候人才有胆量，才没有顾忌。每一个灵魂里都安着一点谎。谎能进天堂吗？你不是也对那穿黑长袍胸前挂金十字的老先生说了你要说的话才安心到这石块底下躺着不是，贝克生姑娘？我还不死哪。但这静定的夜景是多大一个引诱！我觉得我的身子已经死了，就只一点子灵性在一个梦世界的浪花里浮萍似的飘着。空灵，安逸。梦世界是没有墙围的。没有涯涘的。你得宽恕我的无状，在昏夜里踞坐在你的寝次，姑娘。但我已然感到一种超凡的宁静，一种解放，一种莹彻的自由。这也许是你的灵感——你与雪地上的月影。

我不能承受你的智慧，但你却不能吝惜你的容忍。我不是你的谁，不是你的朋友，不是你的相知，但你不能不认识我现在向你诉说的忧愁，你——廉枫的手在石板的一头触到了冻僵的一束什么。一把萎谢了的花——玫瑰。有三朵，叫雪给腌僵了。他亲了亲花瓣上的冻雪。我羡慕你在人间还有未断的恩情，姑娘，但这也是个累赘，说到彻底的话。这三朵香艳的花放上你的头边——他或是你的亲属或是你的知己——你不能不生感动不是？我也曾经亲自到山谷里去采集野香去安放在我的她的头边。我的热泪滴上冰冷的石块时，我不能怀疑她在泥土里或在星天外也含着悲酸在体念我的情意。但她是远在天的又一方，我今晚只能借景来抒解我的苦辛。

人生是辛苦的。最辛苦是那些在黑茫茫的天地间寻求光热的生灵。可怜的秋蛾，他永远不能忘情于火焰。在泥草间化生，在黑暗里飞行，抖擞着翅羽上的金粉——它的愿望是在万万里外的一颗星。那是

徐志摩漫话世情

我。见着光就感到激奋，见着光就顾不得粉脆的躯体，见着光就满身充满着悲惨的神异，殉献的奇丽——到火焰的底里去实现生命的意义。那是我。天让我望见那一炷光！那一个灵异的时间！"也就一半句话，甘露活了枯芽。"我的生命顿时豁裂成一朵奇异的愿望的花。"生命是悠久的"，但花开只是朝露与晚霞间的一段插话。殷勤是夕阳的顾盼，为花事的荣悴关心。可怜这心头的一撮土，更有谁来凭吊？"你的烦恼我全知道，虽则你从不曾向我说破；你的忧愁我全明白，为你我也时常难受。"清丽的晨风，吹醒了大地的荣华！"你耐着吧，美不过这半绽的蓓蕾。""我去了，你不必悲伤，珍重这一卷诗心，光彩常留在星月间。"她去了！光彩常在星月间。

陌生的朋友，你不嫌我话说得晦塞吧。我想你懂得。你一定懂。月光染白了我的发丝，这枯槁的形容正配与墓墟中人作伴；它也仿佛为我照出你长眠的宁静……那不是我那她的眉目？迷离的月影，你何妨为我认真来刻画个灵通？她的眉目；我如何能遗忘你那永诀时的神情！竟许就那一度，在生死的边沿，你容许我怀抱你那生命的本真；在生死的边沿你容许我亲吻你那性灵的奥隐，在生死的边沿，你容许我醰啜你那妙眼的神辉。那眼，那眼！爱的纯粹的精灵迸裂在神异的刹那间！你去了，但你是永远留着。从你的死，我才初次会悟到生，会悟到生死间一种幽玄的丝缕。世界是黑暗的，但我却永久存储着你的不死的灵光。

廉枫抬头望着月。月也望着他。青空添深了沈默。城墙外仿佛有一声鸦啼，像是裂帛，像是鬼啸。墙边一枝树上抛下了一捧雪，亮得耀眼。这还是人间吗？她为什么不来，像那年在山中的一夜？

"我送别她归去，与她在此分离，
　　在青草里飘拂，她的洁白的裙衣。"

诡异的人生!什么古怪的梦!希望,在你擎上手掌估计分量时,已经从你的手指间消失,像是发珠光的青汞。什么都得变成灰,飞散,飞散,飞散……我不能不羡慕你的安逸,缄默的墓中人!我心头还有火在烧,我怀着我的宝;永没有人能探得我的痛苦的根源,永没有人知晓,到那天我也得瞑目时,我把我的宝交还给上帝:除了他更有谁能赐与,能承受这生命的生命?我是幸福的!你不羡慕我吗,朋友?

我是幸福的,因为我爱,因为我有爱。多伟大,多充实的一个字!提着它胸胁间就透着热,放着光,滋生着力量。多谢你的同情的倾听,长眠的朋友,这光阴在我是希有的奢华。这又是北京的清静的一隅。在凉月下,在荒城边,在银霜满树时。但北京——廉枫眼前又扯亮着那狞恶的前门。像一个脑袋,像一个枯骷。丧事人家的鼓乐。北海的芦苇。荣叶能不死吗?在晚照的金黄中,有孤鹜在冰面上飞。销沈,销沈。更有谁眷念西山的紫气?她是死了——一堆灰。北京也快死了——准备一个钵盂,到枯木林中去安排它的葬事。有什么可说的?再会吧,朋友,还有什么可说的?

他正想站起身走,一回头见进门那路上仿佛又来了一个人影。肥黑的一团在雪地上移着,迟迟的移着,向着他的一边来。有树阑着,认不真是什么。是人吗?怪了,这是谁?在这大凉夜还有与我同志的吗?为什么不,就许你吗?可真是有些怪,它又不动了,那黑影子绞和着一颗树影,像一个大包袱。不能是鬼吧。为什么发噤,怕什么的?是人,许是又一个伤心人,是鬼,也说不定它也别有怀抱。竟许是个女子,谁知道!在凉月下,在荒冢间,在银霜满地时。它伛偻着身子哪,像是检什么东西。不能是个化子——化子化不到墓园里来。唷,它转过来了!

它过来了,那一团的黑影。走近了。站定了,他也望着坐在坟墩上的那个发愣哪。是人，还是鬼，这月光下的一堆？他也在想。"谁？"粗糙的，沉浊的口音。廉枫站起了身，哈着一双冻手。"是我，你是谁？"他是一个矮老头儿，屈着肩背，手插在他的一件破旧制服的破袋里。"我是这儿看门的。"他也走到了月光下。活像哈姆雷德里一个掘坟的，廉枫觉得有趣，比一个妙年女子，不论是鬼是人，都更有趣。"先生，你什么时候进来的？我哼是睡着了，那门没有关严吗？""我进来半天了。""不凉吗您坐在这石头上？""就你一个人看着门的？""除了我这样的苦小老儿，谁肯来当这苦差？""你来有几年了？""我怎么知道有几年了！反正老佛爷没有死，我早就来了。这该有不少年分了吧，先生？我是一个在旗吃粮的，您不看我的衣服？""这儿常有人来不？""倒是有。除了洋人拿花来上坟的，还有学生也有来的，多半是一男一女的。天凉了就少有来的了。你不也是学生吗？"他斜着一双老眼打量廉枫的衣服。"你一个人看着这么多的洋鬼不害怕吗？"老头他乐了。这话问得多幼稚，准是个学生，年纪不大。"害怕？人老了，人穷了，还怕什么的！再说我这还不是靠鬼吃一口饭吗？靠鬼，先生！""你有家不，老头儿！""早就死完了。死干净了。""你自己怕死不，老头儿？"老头又乐了。"先生，您又来了！人穷了，人老了，还怕死吗？你们年轻人爱玩儿，爱乐，活着有意思，咱们那说得上？"他在口袋里掏出一块黑绢子醒着他的冻鼻子。这声音听大了。城圈里又有回音，这来坟场上倒添了不少生气。那边树上有几只老鸦也给惊醒了，亮着他们半冻的翅膀。"老头，你想是生长在北京的罢？""一辈子就没有离开过。""那你爱不爱北京？"老头简直想裂个大嘴笑。这学生问的话多可乐！爱不爱北京？人穷了，人老了，有什么爱不爱的？"我说给您听听罢。"他有话说。

"就在这儿东城根，多的是穷人，苦人。推土车的，推水车的，住闲的,残废的。全跟我一模一样的,生长在这城圈子里,一辈子没有离开过。一年就比一年苦,大米一年比一年贵。土堆里煤渣多检不着多少。谁生得起火?有几顿吃得饱的?夏天还可对付,冬天可不能含糊。冻了更饿,饿了更冻。又不能吃土。就这几天天下大雪,好,狗都瘪了不少!"老头又醒了醒鼻子。"听说有钱的人都搬走了,往南,往东南,发财的,升官的,全去了。穷人苦人那走得了?有钱人走了他们更苦了,一口冷饭都讨不着。北京就像个死城,没有气了,您知道!那年也没有本年的冷清。您听听,什么声音都没有,狗都不叫了!前儿个我还见着一家子夫妻俩带着三个孩子饿急了,又不能做贼,就商量商量借把刀子破肚子见阎王爷去。可怜着哪,那男的一刀子捅了他媳妇的肚子,肠子漏了,血直冒,算完了一个,等他抹回头拿刀子对自个儿的肚子撩,您说怎么了,那女的眼还睁着没有死透,眼看着她丈夫拿刀扎自己,一急就拼着她那血身体向刀口直推,您说怎么了,她那手正冲着刀锋,快着哪,一只手,四根手指,就让白萝卜似的给批了下来,脆着哪!那男的一看这神儿,一心痛就痛偏了心,掷了刀回身就往外跑,满口疯嚷嚷的喊救命,这一跑谁知他往那儿去了,昨儿个盔甲厂派出所的巡警说起这件事都掌不住淌眼泪哪。同是人不是,人总是一条心,这苦年头谁受得了?苦人倒是爱面子,又不能偷人家的。真急了就吊,不吊就往水里淹,大雪天河沟冻了淹不了,就借把刀子抹脖子拉肚肠根。是穷末,有什么说的?好,话说回来了,您问我爱不爱北京。人穷了,人苦了,还有什么路走?爱什么!活不了,就得爱死!我不说北京就像个死城吗?我说它简直死定了!我还掏了二十个大子给那一家二小子买窝窝头吃。才可怜哪!好,爱不爱北京?北京就是这死定了,先生!还有什么说的?"

廉枫出了坟园低着头走,在月光下走了三四条老长的胡同才雇到一辆车。车往西北正顶着刀尖似的凉风。他裹紧了大衣,烤着自己的呼吸,心里什么念头都给冻僵了。有时他睁眼望望一街阴惨的街灯,又看着那上年纪的车夫在滑溜的雪道上顶着风一步一步的挨,他几回都想叫他停下来自己下去让他坐上车拉他,但总是说不出口,半圆的月在雪道上亮着它的银光。夜深了。

载上海《新月》杂志第 1 卷第 11 号(1929 年 1 月)

家　德

家德住我们家已有十多年了，他初来的时候嘴上光光的还算是个壮夫，头上不见一茎白毛，挑着重担到车站去不觉得乏。逢着什么吃重的工作他总是说："我来!"他实在是来得的。现在可不同了。谁问他："家德，你怎么了，头发都白了？"他就回答："人总要老的，我今年五十八，头发不白几时白？"他不但发白，他上唇疏朗朗的两披八字胡也见花了。

他算是我们家的"做生活"，但他，据我娘说，除了吃饭住，却不拿工钱。不是我们家不给他，是他自己不要。打头儿就不要。"我就要吃饭住。"他说。我记得有一两回我因为他替我挑行李上车站给他钱，他就瞪大了眼说："给我钱做什么？"我以为他嫌少，拿几毛换一块圆钱再给他，可是他还是："给我钱做什么？"更高声的抗议。你再说也是白费，因为他有他的理性。吃谁家的饭就该为谁家做事。给我钱做什么？

但他并不是主义的不收钱。镇上别人家有丧事喜事来叫他去帮忙的做完了有赏封什么给他，他受。"我今天又'摸了'钱了。"他一回家就欣欣的报告他的伙伴。他另有一种能耐，几乎是专门的，那叫做"赞神歌"。谁家许了愿请神，就非得他去使开了他那不是不圆润的粗嗓子唱

61

一种有节奏有顿挫的诗句赞美各种神道。奎星,纯阳祖师,关帝,梨山老母,都得他来赞美。小孩儿时候我们最爱看请神,一来热闹,厅上摆得花绿绿点得亮亮的,二来可以藉口到深夜不回房去睡,三来可以听家德的神歌。乐器停了他唱,唱完乐又作。他唱什么听不清,分得清的只"浪溜圆"三个字,因为他几乎每开口必有浪溜圆。他那唱的音调就像是在厅的顶梁上绕着,又像是暖天细雨似的在你身上匀匀的洒,反正听着心里就觉得舒服,心一舒服小眼就闭上,这样极容易在妈或是阿妈的身上靠着甜甜的睡了。到明天在床里醒过来时耳边还绕着家德那圆圆的甜甜的浪溜圆。家德唱了神歌想来一定到手钱,这他也不辞,但他更看重的是他应分到手的一块祭肉,肉太肥或太瘦都不能使他满意,"肉总得像一块肉。"他说。

"家德,唱一点神歌听听。"我们在家时常常央着他唱,但他总是板着脸回说:"神歌是唱给神听的。"虽则他有时心里一高兴或是低着头做什么手工他口里往往低声在那里浪溜他的圆。听说他近几年来不唱了。他推说忘了,但他实在以为自己嗓子干了,唱起来不能原先那样圆转如意,所以决意不再去神前献丑了。

他在我家实在也做不少的事。每天天一亮他就从他的破烂被窝里爬起身。一重重的门是归他开的,晚上也是他关的时候多。有时老妈子不凑手他就帮着煮粥烧饭。挑行李是他的事,送礼是他的事,劈柴是他的事。最近因为父亲常自己烧檀香,他就少劈柴,多劈檀香。我时常见跨坐在一条长凳上戴着一副白铜边老花眼镜伛着背细细的劈。"你的镜子多少钱买的,家德?""两只角子。"他头也不抬的说。

我们家后面那个"花园"也是他管的。蔬菜,各样的,是他种的。每天浇,摘去焦枯叶子,厨房要用时采,都是他的事。花也是他种的,有月季,有山茶,有玫瑰,有红梅与腊梅,有美人蕉,有桃,有李,有不开花的兰,有葵花,有蟹爪菊,有可以染指甲的凤仙,有比鸡冠大到好几倍的鸡冠。关于每一种花他都有不少话讲:花的脾,花的胃,花的颜色,花的这样那样。梅花有单瓣双瓣,兰有荤心素心,山茶有家有野,这些简单,但在小孩儿时听来有趣的知识,都是他教给我们的。他是博学得可佩服。他不仅能看书能写,还能讲书,讲得比学堂里先生上课时讲的有趣味得多。我们最喜欢他讲岳传里的岳老爷。岳老爷出世,岳老爷归天,东窗事发,莫须有三字构成冤狱,岳雷上坟,朱仙镇八大锤——咳,那热闹就不用提了。他讲得我们笑,他讲得我们哭,他讲得我们着急,但他再不能讲得使我们瞌睡,那是学堂里所有的先生们比他强的地方。

也不知是谁给他传的,我们都相信家德曾经在乡村里教过书。也许是实有的事,像他那样的学问在乡里还不是数一数二的。可是他自己不认。我新近又问他,他还是不认。我问他当初念些什么书。他回一句话使我吃惊。他说我念的书是你们念不到的。那更得请教,长长见识也好。他不说念书,他说读书。他当初读的是百家姓,千字文,神童诗,——还有呢?还有酒书。什么?"酒书。"他说。什么叫酒书?酒书你不知道,他仰头笑着说,酒书是教人吃酒的书。真的有这样一部书吗?他不骗人,但教师他可从不曾做过。他现在口授人念经。他会念不少的经,从《心经》到《金刚经》全部,背得溜熟的。

他学念佛念经是新近的事。早三年他病了。发寒热。他一天对人说怕好不了,身子像是在大海里浮着,脑袋也发散得没个边,他说。他死一点也不愁,不说怕。家里就有一个老娘,他不放心,此外妻子他都不在意。一个人总要死的,他说。他果然昏晕了一阵子,他床前站着三四个他的伙伴。他苏醒时自己说:"就可惜这一生一世没有念过佛,

63

吃过斋,想来只可等待来世的了。"说完这话他又闭上了眼仿佛是隐隐念着佛。事后他自以为这一句话救了他的命,因为他竟然又好起了。从此起他就吃上了净素。开始念经,现在他早晚都得做他的功课。

我不说他到我们家有十几年了吗?原先他在一个小学校里做当差。我做学生的时候他已经在。他的一个同事我也记得,叫矮子小二,矮得出奇,而且天生是一个小二的嘴脸。家德是校长先生用他进去的。他初起工钱每月八百文,后来每年按加二百文,一直加到二千文的正薪,那不算小。矮子小二想来没有读过什么酒书,但他可爱喝一杯两杯的,不比家德读了酒书倒反而不喝。小二喝醉了回校不发脾气就倒上床,他的一份事就得家德兼做。后来矮子小二因为偷了学校的用品到外边去换钱使发觉了被斥退。家德不久也离开学校,但他是为另一种理由。他的是自动辞职,因为用他进去的校长不做校长了,所以他也不愿再做下去。有一天他托一个乡绅到我们家来说要到我们家住,也不说别的话。从那时起家德就长住我们家了。

他自己乡里有家。有一个娘,有一个妻,有三个儿子,好的两个死了,剩下一个是不好的。他对妻的感情,按我妈对我说,是极坏。但早先他过一时还得回家去,不是为妻,是为娘。也为娘他不能不对他妻多少耐着性子。但是谢谢天,现在他不用再耐,因为他娘已经死了。他再也不回家去,积了一些钱也不再往家寄。妻不成材,儿子也没有淘成,他养家已有三十多年,儿子也近三十,该得担当家,他现在不管也没有什么亏心的了。他恨他妻多半是为她不孝顺他的娘,这最使他痛心。他妻有时到镇上来看他问他要钱,他一见她的影子都觉得头痛,她一到他就跑,她说话他做哑巴,她闹他到庭心里去伏在地下劈柴。有一回他接他娘出来看迎灯,让她睡他自己的床,盖他自己的棉被,他自己在灶边铺些稻柴不脱衣服睡。下一天他妻也赶来了，从厨房的门缝里张见他开着笑口用筷检一块肥肉给他脱尽了牙乔着个下巴的老娘吃，她就在门外大声哭闹。他过去拿门给堵上了，检更肥的肉给娘，更高声的说他的笑话，逗他娘和厨下别人的乐。晚上他妻上楼见她姑睡家德自己的床，盖他自己的被，回下来又和他哭闹——他从后门往外跑了。

他一见他娘就开口笑，说话没有一句不逗人乐。他娘见他乐也乐，乔着一个干瘪下巴眯着一双绉皮眼不住的笑，厨房里顿时添了无穷的生趣。晚上在门口看灯，家德忙着招呼他娘，端着一条长凳或是一只方板凳，半抱着她站上去连声的问看得见了不，自己躲在后背双手扶着她防她闪，看完了灯他拿一只碗到巷口去买一碗大肉面烫一两烧酒给他娘吃，吃完了送她上楼睡去。"又要你用钱，家德。"他娘说。"喔，这算什么，我有的是钱！"家德就对他妈背他最近的进益，黄家的丧事到手三百六；李家的喜事到手五角小洋，还有这样那样的，尽他娘用都用不完，这一点点算什么的！

家德的娘来了，是一件大新闻。家德自己起劲不必说，我们上下一家子都觉得高兴。谁都爱看家德跟他娘在一起的神情，谁都爱听他母子俩甜甜的谈话。又有趣，又使人感动。那位乡下老太太，穿紫棉绸衫梳元宝髻的，看着他那头发已经斑白的儿子心里不知有多么得意。就算家德做了皇帝，她也不能更开心。"家德！"她时常尖声的叫，但等得家德赶忙回过头问："娘，要啥？"她又就只眯着一双绉皮眼甜甜的笑，再没有话说。她也许是忘了她想着要说的话，也许她就爱那么叫她儿子一声。这来屋子里人就笑，家德也笑，她也笑，家德在她娘的跟前，拖着早过半百的年岁，身体活灵得像一只小松鼠，忙着为她张罗这样那样的，口齿伶俐得像一只小八哥，娘长娘短的叫个不住。如果家德是个皇帝，世界上决没有第二个皇太后有他娘那样的好福气。这是家德的伙伴们的思想。看看家德跟他娘，我妈比方一句有诗意的话，就比是到山楼上去看太阳——满眼都是亮。看看家德跟他娘，一个老妈子说，我总是出眼泪，我从来不知道做人会得这样的有意思。家德的娘一定是几世前修得来的。有一回家德脚上发流火，走路一颠一颠的不方便，但一走到他娘的跟前，他立即忍了痛强直了身子放着腿走路，就像没有病一样。家德你今年胡须也白了，他娘说。"人老的好，须白的好：娘你是越老越清，我是胡须越白越健。"他这一插科他娘就忘了年岁忘了愁。

他娘已在两年前死了。寿衣，有绸有缎的，都是家德早在镇上替她预备好了的。老太太进棺材还带了一支重足八钱的金押发去，这当然也是家德孝敬的。他自从娘死过，再也不回家，他妻出来他也永不理睬她。他现在吃素，念经，每天每晚都念——也是念给他娘的。他一辈子难得化一个闲钱，就有一次因为妻儿的不贤良叫他太伤心了，他一气就"看开"了。他竟然连着有三五天上茶店，另买烧饼当点心吃，一共化了足足有五百钱光景，此外再没有荒唐过。前几天他上楼去见我妈，手筒着手，兴匆匆的说："太太，我要到乡下去一趟。""好的，"我妈说，"你有两年多不回去了。""我积下了一百多块钱，我要去看一块地葬我娘去。"他说。

载上海《新月》杂志第 1 卷第 12 号（1929 年 2 月）

轮 盘

好冷！倪三小姐从暖屋里出来站在廊前等车的时候觉着风来得尖厉。她一手揩着皮领护着脸,脚在地上微微的点着。"有几点了,阿姚？"三点都过了。

三点都过了,三点……这念头在她的心上盘着,有一粒白丸在那里运命似的跳。就不会跳进二十三的,偏来三十五,差那么一点,我还当是二十三哪。要有一只鬼手拿它一拨,叫那小丸子乖乖的坐上二十三,那分别多大！我本来是想要三十五的,也不知怎么的当时心里那么一迷糊——又给下错了。这车里怎么老是透风,阿姚？阿姚很愿意为主人替风或是替车道歉,他知道主人又是不顺手,但他正忙着大拐弯,马路太滑,红绿灯光又耀着眼,那不能不留意,这一岔就把答话的时机给岔过了。实在他的思想也不显简单,他正有不少的话想对小姐说,谁家的当差不为主人打算,况且听昨晚阿宝的话这事情正不是玩儿——好,房契都抵了,钻戒、钻镯,连那串精圆的珍珠项圈都给换了红片儿、白片儿,整数零数的全望庄上送！打不倒吃不伏的庄！

三小姐觉得冷。是那儿透风,那天也没有今天冷。最觉得异样,最觉得空虚,最觉得冷是在颈根和前胸那一圈。精圆的珍珠——谁家都比不上的那一串,带了整整一年多,有时上床都不舍得摘了放回匣子去,叫那脸上刮着刀疤那丑洋鬼端在一双黑毛手里左轮右轮的看,生怕是吃了假的上当似的,还非得让我签字,才给换了那一摊圆片子,要不了一半点钟那些片子还不是白鸽似的又往回飞;我的脖子上,胸前,可是没了,跑了,化了,冷了,眼看那黑毛手抢了我的心爱的宝贝去,这冤……三小姐心窝里觉着一块冰凉,眼眶里热刺刺的,不由的拿手绢给掩住了。"三儿,东西总是你的,你看了也舍不得放手不是?可是娘给你放着不更好,这年头又不能常戴,一来太耀眼,二来你老是那拉拖的脾气改不过来,说不定你一不小心那怎么好?"老太太咳嗽了一声:"还是让娘给你放着吧,反正东西总是你的。"三小姐心都裂缝儿了。娘说话不到一年就死了,我还说我天天贴胸带着表示纪念她老人家的意思,谁知不到半年……

车到了家了。三小姐上了楼,进了房,开亮了大灯,拿皮大衣向沙发上一扔,也不答阿宝陪着笑问她输赢的话,站定在衣柜的玻镜前对着自己的映影呆住了。这算个什么相儿?这还能是我吗?两脸红的冒得出火,颧骨亮的像透明的琥珀,一鼻子的油,口唇叫烟卷烧得透紫,像煨白薯的焦皮,一对眼更看得怕人,像是有一个恶鬼躲在里面似的。三小姐一手掠着额前的散发,一手扶着柜子,觉得头脑里一阵的昏,眼前一黑,差一点不曾叫脑壳子正对着镜里的那个碰一个脆。你累了吧,小姐?阿宝站在窗口叠着大衣说的话,她听来像是隔两间屋子或是一层雾叫过来似的,但这却帮助她定了定神,重复睁大了眼对着镜子里痴痴的望。这还能是我——是倪秋雁吗?鬼附上了身也不能有这相儿!但这时候她眼内的凶光——那是整六个钟头轮盘和压码条格的煎迫的余威——已然渐渐移让给另一种意态:一种疲倦,一种呆顿,一种空虚。

她忽然想起马路中的红灯照着道旁的树干使她记起不少早已遗忘了的片段的梦境——但她疲倦是真的。她觉得她早已睡着了。她是绝无知觉的一堆灰，一排木料，在清晨树梢上浮挂着的一团烟雾。她做过一个极幽深的梦，这梦使得她因为过分兴奋而陷入一种最沈酣的睡。她决不能是醒着。她的珍珠当然是好好的在首饰匣子里放着。"我替你放着不更好，三儿？"娘的话没有一句不充满着怜爱，个个字都听得甜。那小白丸子真可恶，他为什么不跳进二十三？三小姐扶着柜子那只手的手指摸着了玻璃，极纤微的一点凉感从指尖上直透到心口，这使她形影相对的那两只眼内顿时剥去了一翳梦意。小姐，喝口茶吧，你真是累了，该睡了，有多少天你没有睡好，睡不好最伤神，先喝口茶吧。她从阿宝的手里接过了一片殷勤，热茶沾上口唇才觉得口渴得津液都干了。但她还是梦梦的不能相信这不是梦。我何至于堕落到如此——我倪秋雁？你不是倪秋雁吗？她责问着镜里的秋雁。那一个的手里也擎着个金边蓝花的茶杯，口边描着惨淡的苦笑。荒唐也不能到这个田地，为着赌几于拿身子给鬼似的男子——"你抽一口的好，赌钱就赌一个精神，你看你眼里的红丝，闹病了那犯得着？"小俞最会说那一套体己话，细着一双有黑圈的眼瞅着你，不提有多么关切，他就会那一套！那天他对老五也是说一样的话！他还得用手来搀着你非得你养息他才安心似的。呸，男人，那有什么好心眼的？老五早就上了他的当。哼，也不是上当，还不是老五自己说的，"进了三十六，谁还管得了美，管得了丑？""过一天是一天，"她又说，"堵死你的心，别让它有机会想，要想就活该你受！"那天我摘下我胸前那串珠子递给那脸上刻着刀疤的黑毛鬼，老五还带着笑——她那笑！——赶过来拍着我的肩膀说："好，这才够一个豪字！要赌就得拼一个精光。有什么可恋的？上不了梁山咱们就落太湖！你就输在你的良心上,老三。"老五说话一上劲,眼里就放出一股邪光,我看了真害怕。"你非得拿你小姐的身分,一点也不肯凑和。说实话,你来得三十六门,就由不得你拿什么身分。"人真会变,五年前,就是三年前的老五,那有一点子俗气,说话举止,满是够斯文的。谁想她在上海混不到几年就会变成这鬼相,这妖气。她也满不在意,成天发疯似的混着,倒像真是一个快活人!我初次跟着她跑,心上总有些低哆,话听不惯,样儿看不惯,可是现在……老三与老五能有多大分别?我的行为还不是她的行为?我有时还觉得她爽荡得有趣,倒恨我自己老是免不了腼腼腆腆的,早晚躲不了一个"良心",老五说的。可还是的,你自己还不够变的,你看看你自己的眼看,说人家鬼相,妖气,你自己呢?原先的我,在母亲身边的孩子,在学校时代的倪秋雁,多美多响亮的一个名字,现在那还有一点点的影子?这变,喔,鬼——三小姐打了一个寒噤。地狱怕是没有底的,我这一往下沈,沈,沈,我那天再能向上爬?她觉得身子飘飘的,心也飘飘的,直往下坠——一个无底的深潭,一个魔鬼的大口。"三儿,你什么都好,"老太太又说话了。"你什么都好,就差拿不稳主意。你非得有人管,领着你向上。可是你总得自己留意,娘又不能老看着你,你又是那傲气,谁你都不服,真叫我不放心。"娘在病中喘着气还说这话。现在娘能放心不?想起真可恨!小俞,小张,老五,老八,全不是东西!可是我自己又何尝有主意,有了主意,有一点子主意,就不会有今天的狼狈。真气人!……镜里的秋雁现出无限的愤慨,恨不得把手里的茶杯摔一个粉碎,表示和丑恶的引诱绝交。但她又呷了一口。这是虹口买来的真铁观音不?明儿再买一点去,味儿真浓真香。说起,小姐,厨子说了好几次要领钱哪,他说他自己的钱都垫完了。镜里的眉梢又深深的皱上了。唷——她忽然记起了——那小黄呢,阿宝?小黄在笼子里睡着了。毛抖得松松的，小脑袋挨着小翅膀底下窝着。他今天叫了没有？我真是昏，准有十几天不自己喂他了，可怜的小黄! 小黄也真知趣，仿佛装着睡成心逗他主人似的，她们正说着话它醒了，刷着他的翅膀，吱的一声跳上了笼丝，又纵过去低头到小磁罐里检了一口凉水，歪着一只小眼呆呆的直瞅着他的主人。也不知是为主人记起了它乐了，还不知是见了大灯亮当是天光它简直的放开嗓子整套的唱上了。

它这一唱就没有个完。它卖弄着它所有擅长的好腔。唱完了一支忙着抢一口面包屑，啄一口水，再来一支，又来一支。直唱得一屋子满是它的音乐，又亮，又艳，一团快乐的迸裂，一腔情热的横流，一个诗魂的奔放。倪秋雁听呆了，镜里的秋雁也听呆了; 阿宝听呆了; 一屋子的家具，壁上的画，全听呆了。

三小姐对着小黄的小嗓子呆呆的看着。多精致的一张嘴，多灵巧的一个小脖子，多淘气的一双小脚，拳拳的抓住笼里那根横条，多美的一身羽毛，黄得放光，像是金丝给编的。稀小的一个鸟会有这么多的灵性？三小姐直怕它那小嗓子受不住狂唱的汹涌，你看它那小喉管的急迫的颤动，简直是一颗颗的珍珠往外接连着吐，梗住了怎么好？它不会炸吧! 阿宝的口张得宽宽的，手扶着窗阑，眼里亮着水。什么都消灭了除了这头小鸟的歌唱。但在他的歌唱中却展开了一个新的世界。在这世界里一切都沾上了异样的音乐的光。

三小姐的心头展开了一个新的光亮的世界。仿佛是在一座凌空的虹桥下站着，光彩花雨似的错落在她的衣袖间鬓发上。她一展手，光在她的胸怀里; 她一张口，一球晶亮的光滑下了她的咽喉。火热的，在她的心窝里烧着。热匀匀的散布给她的肢体，美极了的一种快感。她觉得身子轻盈得像一只蝴蝶，一阵不可制止的欣快蓦地推逗着她腾空而去

71

飞舞。

虹桥上洒下了一个声音,艳阳似的正款着她的黄金的粉翅。多熟多甜的一个声音!唷是娘呀,你在那儿了?娘在廊前坐在她那湘妃竹的椅子上做着针线,带着一个玳瑁眼镜。我快活极了,娘,我要飞,飞到云端里去。从云端里望下来,娘,咱们这院子怕还没有爹爹书台上那方砚台那么大?还有娘呢,你坐在这儿做针线,那就够一个猫那么大——哈哈,娘就像是偎太阳的小阿米!那小阿米还看得见吗?她顶多也不过一颗芝麻大,哈哈,小阿米,小芝麻。疯孩子!老太太笑着对不知门口站着的一个谁说话。这孩子疯得像什么了,成天跳跳唱唱的?你今天起来做了事没有?我有什么事做,娘?她呆呆的侧着一只小圆脸。唉,怎么好,又忘了,就知道玩!你不是自己讨差使每天院子里浇花,爹给你那个青玉花浇做什么的?要什么不给你就呆着一张脸扁着一张嘴要哭,给了你又不肯做事,你看那盆西方莲干得都快对你哭了。娘别骂,我就去!四个粉嫩的小手指鹰爪似的抓住了花浇的镂空的把手,一个小拇指翘着,她兴匆匆的从后院舀了水跑下院子去。"小心点儿,花没有浇,先浇了自己的衣服。"樱红色大朵的西方莲已经沾到了小姑娘的恩情,精圆的水珠极轻快的从这花瓣跳荡那花瓣,全沈入了盆里的泥。娘!她高声叫。娘,我要喝凉茶娘老不让,说喝了凉的要肚子疼,这花就能喝凉水吗?花要是肚子疼了怎么好?她鼓着她的小嘴唇问。花又不会嚷嚷。"傻孩子算你能干,会说话。"娘乐了。

每回她一使她的小机灵娘就乐。"傻孩子,算你会说话。"娘总说。这孩子实在是透老实的,在座有姑妈或是姨妈或是别的客人娘就说,你别看她说话机灵,我总愁她没有主意,小时候有我看着,将来大了怎么好?可是谁也没有娘那样疼她。过来,三,你不冷吧?她最爱靠在娘的身上,

72

有时娘还握着她的小手替她拉齐她的衣襟，或是拿手帕替她擦去脸上的土。一个女孩子总得干干净净的，娘常说。谁的声音也没有娘的好听。谁的手也没有娘的软。

这不是娘的手吗？她已经坐在一张软凳上，一手托着脸，一手捻着身上的海青丝绒的衣角。阿宝记起了楼下的事已经轻轻的出了房去。小黄唱完了它的大套，还在那里发疑问似的零星的吱喳。"咦。""咦。""接理。"她听来是娘在叫她："三，""小三，""秋雁。"她同时也望见了壁上挂着的那只芙蓉，只是她见着的另是一只芙蓉，在她回忆的繁花树上翘尾豁翅的跳跶着。"三，"又是娘的声音，她自己在病床上躺着。"三，"娘在门口说，"你猜爹给你买回什么来了？""你看！"娘已经走到床前，手提着一个精致的鸟笼，里面呆着一只黄毛的小鸟，"小三简直是迷了，"隔一天她听娘对爹说，"病都忘了有了这头鸟。这鸟是她的性命。非得自己喂。鸟一开口唱她就发愣，你没有见她那样儿，成仙也没有她那样快活，鸟一唱谁都不许说话，都得陪着她静心听。""这孩子是有点儿慧根。"爹就说。爹常说三儿有慧根。"什么叫慧根？我不懂。"她不止一回问。爹就拉着她的小手说："爹在恭维你哪，说你比别的孩子聪明。"真的她自己也说不上，为什么鸟一唱她就觉得快活，心头热火火的不知怎么才好；可又像是难受，心头有时酸酸的眼里直流泪。她恨不得把小鸟窝在她的胸前，用口去亲他。她爱极了他。"再唱一支吧，小鸟，我再给你吃。"她常常央着它。

可是阿宝又进房来了，"小姐，想什么了"她笑着说，"天不早，上床睡不好吗？"

秋雁站了起来。她从她的微妙的深沈的梦境里站了起来，手按上眼觉得潮湿的沾手。她深深的呼了一口气。"二十三，二十三，为什么偏

73

不二十三?"一个愤怒的声音在她一边耳朵里响着。小俞那有黑圈的一双眼,老五的笑,那黑毛鬼脸上的刀疤,那小白丸子,运命似跳着的,又一瞥瞥的在她眼前扯过。"怎么了?"她摇了摇头,还是没有完全清醒。但她已经让阿宝扶着她,帮着她脱了衣服上床睡下。"小姐,你明天怎么也不能出门了。你累极了,非得好好的养几天。"阿宝看了小姐恍惚的样子心里也明白,着实替她难受。"唷阿宝"她又从被里坐起身说:"你把我首饰匣子里老太太给我那串珠项圈拿给我看看。"

十八年二月三日完

载上海中华书局版《轮盘》1930 年 4 月

珰 女 士 [①]

珰女士在前房已扣好了大衣，撤上了手提包，预备出门到车站，忽然又跑回亭子间去，一边解着衣扣，从床上抱起啼得不住声的两个月孩子，急匆匆的把他向胸口偎。孩子含上了自己母亲的奶就不哭，摇着一支紫姜似的小手，仿佛表示快活。但这样不到一分钟她又听到前房有脚步声，她知道是黑来了。她想往外跑，但孩子那一张小口使劲的嘬住了娘的奶头，除非她也使狠大的劲就摆脱不了这可爱又可怜的累赘。黑准有消息，听他那急促的脚步声就知道。他不说他再想法到崔那里去探问口气吗？要是有希望倒是最简捷，目前也省得出远门撞木钟去。但如果这一边没有转机，她这回去，正怕是黑说的，尽我们的本分，希冀是绝无仅有的了。她觉得太阳穴里又来了一阵剧烈的抽痛，她一双手机械的想往上伸，这一松劲几于把怀抱着的孩子掉下了地。她趁势缩退了胸口，把孩子又放在床上，一转身跑回了前房去。

黑站在火早已完了仅剩一些热气的壁炉前低着头，她走进房也没有注意。珰女士先见到他的一只往下无力的挂着的手，分明冻得连舒

---

① 此小说未刊完，作者后亦未续写。

展都不能自由了的，又见到他的侧脸，紫灰的颜色，像是死；她觉得眼前一暗，一颗心又虚虚的吊了下去。她再没有能力开口，手脚都是瘫软了的。她在房门口停着，一手按着一个不曾扣上的衣钮。

还是黑的身子先动，他转过脸望着她。她觉得他的笑容，也是死灰的——死灰的微笑散布在死灰的脸上，像是一阵阴凉的风吹过冻滞的云空。惨极了！我懂得那笑容，我懂，她心头在急转，你意思是不论消息多么坏，不论我们到什么绝境，你不要怕，你至少还有我一个朋友，你不要愁，即使临到一切的死与一切的绝，我还能笑，我要你从我这惨淡的笑得到安慰，鼓起勇气。

勇气果然回来了一些。她走近了一步。"你冷了吧，黑？"

"外面雪下得有棉花样大，我走了三条街，觅不到一辆车。我脖子里都是雪化的水。"

他又笑了，这回他笑得有些暖气，因为他说的时候想起做孩子时的恶作剧，把雪块塞进人家的衣领，看他浑身的扭劲发笑。

"你也饿了吧？"

"一天水都没有喝一口。但不是你说起我想都想不着。"

"现在你该想着了。后房有点心，我去拿给你。"但她转不到半个身子，脚又停住了。有一句话在她的嗓子里冲着要出来。她没有走进房那句话已经梗着她的咽喉。"怎么样了？"怎么样了？她觉得不仅她口里含着这句话要吐，就她那通身筋肉的紧张，心脏的急跳，仿佛都是在要迸出那一句问。怎么样了？这一响是她忍着的话，还是话忍着她，她不知道。实情是她想能躲姑且躲。她不问了他冷吗？她不问了他饿吗？她现在不是要回后房取点心去吗？黑为了朋友，为了一点义气，为了她们母子，在这大冷天不顾一切整日整夜的到处跑，她能不问他的饥寒吗；

也许他身上又是一个子儿都没了。他本就在病，果然一病倒，那她唯一的一支膀臂都不能支使了，叫她怎么办？他的饥寒是不能不管的。但同时她自己明白她实在是在躲，因为一看他的脸她就知道他带来消息的形状是那一路的。就像是你非得接见一个你极不愿见面的人，能多挨一忽儿不见也是好的。不，也不定是怕。她打从最早就准备大不了也不过怎么样。大不了也不过怎么样！比方说前天黑一跑进来就是事情的尽头；如果他低着声音说，"他已经没了"，那倒也是完事一宗，以后她的思想，她的一切，可以从一个新的基础出发，她可以完全知道她的责任，可以按步的做她应分做的事，痛苦又艰难当然，但怎么也比这一切都还悬挂在半空里的光景好些，爽快些。可怜胸口那一颗热跳的心，一下子往上升，一下子往下吊，再不然就像是一个皮球在水面上不自主的漂着浮着，那难受竟许比死都更促狭。再加那孩子……

但她这一踌躇，黑似乎已经猜到她心里的纠纷，因为她听他说——

"肚子饿倒不忙，我们先——"

但她不等他往下说急转过身问："还用着我出门不？"

"你说赶火车？"

"是的。"

"暂时不用去，我想，因为我看问题还是在这边。"他说。

她知道[希]望还没有绝。一个黑，一个她，还得绷紧了来，做他们的事。奶孩子终究是个累赘。黑前天不说某家要领孩子吗？简直给了他们不好吗？繁即使回来也不会怪我。他不常说我的怀孕是一个极大的错误吗？他不早主张社会养育孩童吗？狠多母亲把不能养育的一点骨肉放到育婴场所或是甚至遗弃在路旁。那些母子们到分别时也无非是母[亲]的眼泪泡着孩子的脸，再有最后一次的喂奶！方才那一张小

77

口紧含着乳头微微生痛的感觉又在她的前胸可爱的逗着,同时鼻子里有一阵酸——喔,我的苦孩子——

但她不能不听黑的消息。

"怎么样了呢?"她问。

话是说出了口,但她再不能支持她全身的虚软。她在近边一张椅子上坐下了。

她听他的报告,她用心的听;但因为连日的失眠以及种种的忧烦,她的耳鼓里总是浮动着一种摇晃不去的烦响,听话有些不清明。黑的话虽则说得低而且常有断续,论理她应得每个字都听得分明;但她听着的话至多只是抓总的一点意思,至于单独的字她等于一个都不曾听着。这一半也因为提到了崔,她的黑黝黝的记忆的流波里重复浮起不少早经沈淀了的碎屑,不成形的当然,但一样有力量妨碍她注意的集中。她从不曾看起过崔,虽则那年他为她颠倒的时候她也曾经感到一些微弱的怜意。他,是她打开始就看透了的。论品,先就不高,意志的不坚定正如他的感情的轻浮。同时她也从他偶而为小事发怒的凶恶的目光中看出他内蕴的狠毒与残暴。繁有好些地方不如崔;他从不为自己打算,不能丝毫隐藏或矫柔他的喜怒;不会对付人。他是乡下人说的一条"直头老虎"。但她正从他的固执里看出他本性的正直与精神的真挚,看出他是一个可以到底的朋友。这三四年来虽则因为嫁给了繁遭受到无穷的艰苦,她不曾知道过一整天的安宁;虽则他们结婚的生活本身也不能说是满意,她却从不曾有一时间反悔过她的步骤。在思想上,在意见上,在性情上,她想不起有和繁完全能一致的地方,但她对他总存着一些敬意,觉得为这样的人受苦牺牲决不是无意义的。

她看到崔那样无耻的卖身，卖灵魂，最后卖朋友，虽然得到了权，发到了财，她只是格外夸奖她当初准确的眼力，不曾被他半造作的热情所诱惑。每回她独自啃着铁硬的面包，她还是觉得她满口含着合理的高傲。可怜的黑，他也不知倒了那辈子的霉，为了朋友不得不卑微的去伺候崔那样一个人。她想见他踞坐在一张虎皮椅上，手里拿着生杀无辜的威权，眼里和口边露着他那报复的凶恶与骄傲，接见手指僵成紫姜嗓音干得发沙的黑。黑有一句话他有十句话。而且他的没有一字不是冠冕，没有一句不是堂皇。铁铮铮的理满是他的。但更呕人的是他那假惺惺！说什么他未尝不想回护老朋友，谁不知道我崔某是最讲交情的，但繁的事情实在是太严重了，他的责任和良心都告知他只能顾义不顾亲，那有什么法子？除非繁肯立刻自首，把他的伙伴全给说出来，自己从此回头，拿那一边的秘密献作进身的礼物——果然他肯那么来的话。他做朋友的一来为公家收罗人才，二来藉此帮忙朋友，或许可以拼一个重大的肩仔，向上峰去为他求情，说不定有几分希望。好，他自己卖了朋友就以为人人都会得他那样的无耻！他认错了人了，恶鬼！果然繁可以转到那一路的念头，那还像个人吗？还值得她的情爱，还值得朋友们为他费事吗？简直是放屁！喔他那得意的神气！但这还不管他。他的官话本是在意料中；最可恼的是他临了的几句话，那是说到她的。什么同情，什么哀怜，他整个的是在狠毒的报复哪！说什么他早就看到她走上那条绝路，他这几年没有一天不可惜她的刚愎，现在果然出了乱子，她追悔也已太迟不是，但——这句话玱女士是听分明了的，狠分明——但"玱女士何妨她自己请过来谈谈呢"？还有一句："我这里有的是清静的房间！"这是他描准了她的高傲发了最劲的一支箭！玱女士觉得身子一阵发软，像是要晕。够高明的，这报复的手段！

......

珰女士独自在昏黄的街边上走着。雪下得正密，风也刮得紧，花朵在半空里狂舞，满眼白茫茫的，街边的事物都认不清楚了。街上没有车，也没有人。她只听得她自己的橡皮鞋在半泥泞的雪地里接哑的声响。她的左手护着一件薄呢大衣的领口（那件有皮领的已到了押店里去），右手拿着一瓶牛奶，奶汁在纸盖的不泯缝处往外点点的溢出，流过手背往下滴，风吹上来像是细绳子缚紧了似的隐隐生痛，手指是早已冻木了的。孩子昨晚上整整的哭闹了一夜，因为她的奶也不知怎么的忽然的干了，孩子的小口再使劲也不中用，孩子一恼就咬，恨不得把这干枯的奶头给咬了去，同时小手脚四散的乱动，再就放开了口急声的哭，小脸小脖子全胀红了的。因为疼孩子就顾不得自己痛，她还得把一个已经咬肿了的奶头去哄他含着，希望他哭累了可以睡。因此她今晚又冒大雪出来多添一瓶奶。

她一个人在晦盲到了极度的市街上走着。雪花飘落在她的发上，打上她的脸，糊着她的眼眉。顶着一阵阵吼动的劲风她向前挪，一颗心在单薄的衣衫里火杂的跳。这是一个什么世界，冷砭骨的冷，昏沈，泥泞，压得人倒的风雪！她一张口呼出一团白云似的热气，冲进雪的氛围，打一个转，一阵风来卷跑了。冷气顿时像毒心的抢入她的咽喉，向着心窝里直划，像一把锋利的刀。她眼前有三个影子，三道微弱的光芒在无边的昏瞽中闪动。一个是她的孩子，花朵似的一张小脸在绿叶堆里向着她笑，仿佛在说："妈妈你来！"但一转眼它又变了不满两月的一块肉在虚空的屋子里急声的哭。她自己的眼里也站起了两大颗热泪。又一个是繁。在黑暗的深处，在一条长极了的甬道的底里他站着，头是篷的，脚是光的，眼里烧着火，他还是在叫喊，虽则声音已经细弱得像游丝，他还是在斗争，虽则毒蛇似的缭练已经盘绕着他的肢体……"珰，你怎么还不来？"她听他说。那两颗热泪笔直的淌了下来。再有一个是黑。她望着他的瘦小的身子在黑刺刺的荆棘丛里猛闯，满脸满手都扎得血酽酽的，但他还是向前胡钻，仿佛拿定了主意非得用血肉去拼出一条路来！再一睁眼他已经转过身来站在她的跟前，一个血人，堆着一脸的笑，他那独有的微弱的悱恻的笑，对她说："珰，真的我一点也不累！"

珰女士打了一个寒噤，像是从梦魇里挣醒了回来，一辆汽车咆哮了过去，泥水直溅到她的身上，眼前只见昏暗。她一手还是抓紧着那冰冷的奶瓶。两支腿则还在移动，但早已僵得不留一些知觉。她一只手护紧她的胸口，护住她的急春着的心。这时候只要她一放松她自己，她立即可以刲落在路旁，像一捆货物，像一团土，飞出了最后的一星意识，达到了极乐的世界。但是她不，她猛一摇晃，手臂向上一抬，像是一只鸟豁动它的翅膀，抬起了头，加紧了脚步，向着黑暗与风雪冲去——一个新的决心照亮了她的灵府，她不愁没有路走，不怕没有归宿。最后的更高的酬报是在黑暗与风雪的那一边等候着。她不停顿的走着。

……

她不停顿的走着。风越刮得紧，雪越下得密，她觉得她内心的一团火烧得更旺，多量的热气散布到四肢百骸，直到毫发的顶尖。"你们尽来好了。"一个声音在叫响。一种异常的精神的激昂占住了她的全人。你们尽来好了，可爱的风，可爱的雪，可爱的寒冷，可爱的一切的灾难与苦痛，我知道你们都是为了我才有的；我不怕；我有我的泼旺的火，可以克制你们一切的伎俩。你们不要妄想可以吓得我倒，压得我倒！我是不怕的，我告诉你们：她觉得她胸膛里汹汹的嗓子里毛毛的有一股粗壮的笑要往外冲,要带了她的身子望高空里提。这笑就可以叫一切的鬼魅抖战,她想,心头一闪一闪的亮。

她将近走到寓所时,忽然瞥见乌黑一堆在一家门口雪泥揉泞的石级上寓着。她心里一动,但脚步已经迈过。"不要是人吧。"她飞快的转念。更不犹豫,她缩回三两步转向那一堆黑黑的留神的察看。可不是人吗?一块青布蒙着脑袋,一身的褴褛刺猬似的寓着,雪片斜里飞来,不经意的在点染这无名的一堆。"喂! 你怎么了? "她俯身问。从梦里惊醒似的,一个破烂的头面在那块青布底下探了出来。她看出是一个妇人。"坐在这儿你不要冻死吗? "她又问。那妇人还是梦梦的不作声,在冥盲中眃女士咬紧了牙辨认那苦人的没人样的脸。喔,她那一双眼! 可怜她简直不能相信在这样天时除了凶狠的巡捕以外还有人会来关心她的生死。她那眼里有恐惧,有极度的饿寒,有一切都已绝望了的一种惨淡的空虚。眃女士一口牙咬得更紧了。"你还能说话吗? "她问。那苦人点点头,眼里爆出粗大的水。她手臂一松开,露出她怀抱里——眃女士再也不曾意料到的——一个小孩。稀小的一个脸,口眼都闭着的。"孩子? ——睡着了吗? "她小声问,心里觉得别样的柔软与悲酸。忽然张大了眼,那妇人——脸上说不清是哭是笑——"好小姐,他死了。"

一阵恶心,眃女士觉得浑身都在发噤,再也支挣不住,心跳得像发疯。她急忙回过脸,把口袋所有的洋钱毛钱铜子一起掏了出来,丢在那苦人坐着的身旁,匆匆的一挥手,咬紧了牙急步的向前走她自己的路。

……

"人生,人生,这是人生。"她反复的在心里说着。但她走不到十多步忽然感到一种惊慌;那口眼紧闭着像一块黄腊似的死孩的脸已经占住她的浮乱的意识,激起一瞬瞬迷离的幻想。她自己的孩子呢?没有死

82

吧？那苦女人抱着的小尸体不就是她自己的一块肉吧？她急得更加紧了脚步，仿佛再迟一晌她就要见不到她那宝贝孩子似的。又一转念间，她的孩子似乎不但是已经死，并且已经埋到了不留影踪的去处，她再也想不起他，她得到了解放。还有蘩也死了，一子弹穿透他的胸脯打死了，也埋了，她再也想不起他，他得到了更大的解放。还有黑——

但她已经走到了她寓处的门口，她本能的停住了。她先不打门，身子靠着墙角，定一定神，然后无力的举起一支手在门上啄了两下。"黑也许在家。"她想。她想见他出来开门，低声带笑的向她说，"孩子还没有醒。"谁也没有像他那样会疼孩子。大些的更不说，三两个月大的他都有耐心看管。他真会哄。黑是真可爱，义气有黄金一样重，性情又是那样的柔和。他是一个天生的好兄弟。但琦女士第二次举手打门的时候——已经开始觉得兴奋过度的反响，手脚全没了力，脑筋里的抽痛又在那里发动。黑要是够做一个哥哥兼弟弟，那才是理想的朋友。天为什么不让他长得更高大些，她在哀痛或极倦时可以把脑袋靠着他的肩膀，享受一种只有小孩与女人享受得到的舒适。他现在长得不比她高，她只能把他看作一个弟弟，不是哥哥，虽则一样是极亲爱的。

但出来开门的不是黑，是房东家的人。琦女士急步走上楼，隐隐的有些失望。孩子倒是睡得好好的，捏紧了两个小拳头在深深的做他的小梦。她放下了买来的奶瓶，望着堆绣着冰花的玻窗，站在床前呆了一阵子。"黑怎么还不来？"她正在想，一眼瞥见了桌上一个字条，她急急的拿起看，上面铅笔纵横的写着：——

　　　来你不在。孩子睡得美，不惊他。跑了一整天，想得到的朋友
　　处都去过。有的怕事，有的敷衍，有的只能给不主重的帮助。崔是

83

无可动摇，传来的话只能叫你生气，他是那样的无礼。我这班车去××，希望能见到更伟大的上峰，看机会说个情讲个理，或许比小鬼们的脸面好看些也说不定。你耐心看着孩子，不必无谓躁急，只坏精神，无补益。我明晚许能赶回。黑。

她在床前的一张椅上坐下了，心头空洞的也不知在忖些什么。穷人手抱中那死孩的脸赶不去的在她的眼前晃着。她机械的伸手向台上移过水瓶来倒了一口水喝。她又拿起黑的字条，从头看了又看，直到每一个字都看成极生疏的面目，再看竟成了些怕人的尸体，有暴着眼的，有耸着枯骨的肩架的，有开着血口的，在这群鬼相的中间，方才那死孩的脸在那里穿梭似的飞快的泅着。同时金铁击撞和无数男女笑喊的繁响在她的耳内忽然开始了沸腾。

她觉得她的前额滋生着惊悸的汗点，但她向上举起的手摸着的只是鬓发上雪化了水的一搭阴凉。她叹了一口气，摇了摇头："我这是疯了还是傻了？"她大声的说。"就说现在还没有，"她想，"照这样子下去要不了三五天我准得炸！"这是一个什么世界，那儿都是死的胜利？听到的是死的欢呼，见到的是死的狂舞，一切都指向死，一切都引向死。什么时代的推移，什么维新，什么革命，只是愚蠢的人类在那里用自己骨肉堆造纪念死的胜利的高塔，这塔，高顶着云天，它那全身飞满的不是金，不是银，是人类自己的血，尤其是无辜的鲜艳的碧血！时间是一条不可丈量的无厌的毒蟒，它就是爱哺啜人类的血肉。

这世界，这年头，谁有头脑谁遭殃，谁有心肠谁遭殃。就说繁吧，他倒是犯了什么法，作了什么恶，就该叫人直拉横扯的只当猪羊看待？还不是因为他有一副比较活动的头脑，一副比较热烈的心肠？他因为能思想所以多思想，却不料思想是一种干犯人条的罪案。他因为有感情所以多情感，却不知这又是一种可以成立罪案的不道。自从那年爱开张了他的生命的眼，他就开始发动了一种在别的地方或别的时间叫作救世的婆心。见到穷，见到苦，他就自己难受；见到不平，见到冤屈，他就愤恨。这不是最平常的一点人情吗？他因为年轻，不懂世故，不甘心用金玉的文章来张扬虚伪，又不能按住他的热心，躲在家里安守他的"本分"；他愈见到穷的苦的，他对于穷的苦的愈感到同情与趣味，他在城市里就非得接近城市的穷苦部分，在乡间也是如此，他一个人伏处在没有光亮四壁发霉的小屋里不住笔的写，写他眼里见到的，心里感到的，写到更深，写到天光，眼泪和着墨，文字和着心肠一致的热跳，直写到身体成病，肺叶上长窟窿，口里吐血，他还不断的写——他为什么了？他见到种种的不平，他要追究出一些造成这不平世界的主因，追究着了又想尽他一个人的力量来设法消除，同时他对于他认为这些主因的造成者或助长者不能忍禁他的义愤，他白眼看着他们，正如他们是他私己的仇敌——这也许是因为他的心太热血太旺了的缘故，但他确是一个年青人，而且心地是那样的不卑琐，动机又是那样的不夹杂，你能怪着他吗？好，可是这样的人这世界就不能容忍；就因为他在思想上不能做奴隶，在感情上不能强制，在言论上不作为一己安全的检点，又因为他甘愿在穷苦无告的人群中去体验人生，外加结识少数与他在思想与情感上有相当融洽的朋友，他就遭了忌讳，轻易荣膺了一个十恶不赦的头衔，叫人整个的无从声辩，张不到一个正当的告诉的门缝儿，这样送了命也是白来，如同一个蚂蚁被人在地上踏死，有谁来问信，有谁敢来问信——哼！这倒是一个什么世界！

　　珰女士一头想，在悲苦与恚愤中出了神，手里那个字条已经被挤

85

捻成细小的末屑散落在身上都没有觉得。"当然,"她又继续想,"当然"各人有各人的见解;繁的过错是他的径直,思想是直的,感情,行为,全是直的,他沿着逻辑的墙围走路,再也不愿这头里去是什么方向,有没有危险。但我说他"直"是因为我是深知他的,在有的人断章取义的看也许要说他固执,说他激烈,说他愚笨。也许这些案语都是相当对的,现在果然有飞来横祸惹上了身,要是没有救,惋惜他的人自然有,同时也尽有从苟全性命的观点来引以为戒的。且不说别人,就我也何尝在某一件事上曾经和他完全一致过。也许一半因为我是女性,凡事容易趋向温和,又没有坚强的理智能运用铁一般的逻辑律法取定一个对待人生的态度,也是铁一般的坚实。记得我每回和他辨论,失败的总是我,承认了他的前提就不能推翻他的结论,虽则在我的心里的心里我从没有被他折服过。他见到穷苦,比方说,我也见到穷苦,但彼此的感想可就不同。我承认穷人的苦恼,但我不能说人不穷苦恼就会没有,种类不同罢了,在我看来苦恼是与生俱来不论贫富都有份儿的;方才那抱着死孩的穷人当然是苦恼,但谁敢说在风车里咆哮过去的男女们就能完全脱离苦恼;再有物质上的苦恼固然不容否认,精神上的苦恼也一样是实在。我所以只感到生的不幸,自认是一个弱者,我只有一个恻隐的心;自己没有什么救世的方案,我也不肯轻易接受他人的。我把我自己口袋里的钱尽数给了我眼见的穷苦,那怕自己也穷得连一口饭都发生问题,我自分也算尽了一个有同情心的生物的心,再有我只能在思索体念这些人们的无告,更深一层认识人生的面目,也就完了。他可不然:第一他把人生的物质的条件认是有无上的重要,所谓精神的现象十九是根据物质生活的;第二他把贫富的界限划的极度的严;第三他有那份辩才可以把人间百分中九十九的不幸与蹊跷堆放到财富支配不得均匀与不合公道的一个现象上去。他多见一份穷苦,他愈同情于穷苦;你愈同情于穷苦,他愈恨穷苦,愈要铲除穷苦;跟着穷苦的铲除,他以为人类就可以升到幸福的山腰,即便还不到山顶。这来他的刀口就瞄准了方向。我不服他的理解,但我知道他的心是热的。我不信他的福音,但我确信他的动机是纯洁的。如今他为了他的一份热心,为了他的思想的勇往,在遭受了不白的冤枉!

我心里真害怕,这预兆不好。可怜的黑,为朋友害折了腿怕也是白费。最可恨是崔,他这回的威福我怕是作定的了。他还饶不过我,竟想借此同时收拾我。哼,你做梦,恶鬼! 我总有那一天睁大了眼看你也乖乖的栽跟斗,栽你自己都不相信! 縈,我几乎愿意你死,愿意你牺牲,愿意你做一只洁白的羔羊,把你全身一滴滴无辜的血灌入淫恶的饕餮的时间的口!

……

珰女士这样想着觉得身子飘飘的仿佛在蔓草路上缓步的走着,一身的黑纱在风中沙沙的吹响,还有一个人和她相并的走着,那是黑,手抱着一束憔悴的野花——他们是走向縈的埋葬处。她眼前显出一块墓碑,上面有一行漆色未干的红字:"这里埋着一只被牺牲的羔羊。"她在草堆里向那块碑石和身伏了下去,眼泪像是夏雨似的狂泻,全身顿时激成了一堆不留棱缝的坚冰。

她全身顿时激成了一堆不留棱缝的坚冰,眼泪像是夏雨似的狂泻;一阵痛彻心脾的悲伤使陷入了迷悦。她直挺在坐椅上有好一晌,耳内听得远处有羔羊的稚嫩的急促的啼声……啼的是床上睡醒了要奶吃她的两个月的孩子。等到她从迷悦中惊起匆匆解开了胸衣去喂的时候,那孩子已经哭得紫涨了一只小脸,声音都抽噎了。

......

这一晚珰女士做了一个梦。

她坐在一个类似运动场的围圈的高座上，乌魆魆的挤满了看客。场子中间是一片荒土，有不少累累的小邱，有长着黄草，有长着青草的。风吹动着草根发出一种幽响，如同细乐。这样过了一晌她望见高台的那一边发动了热闹。一长列穿着艳色短服的人在台影中鱼贯的走出，沿着围阑复步的过来。她看出这些人肩头都扛着一根肥大的铁锄。繁是这中间的一个，这发见并不使她讶异，她仿佛本是专来看他表演的；但使她奇怪的是黑也在里面，一个瘦弱的肩胛被笨重的铁锄压成了倾斜——她奇怪因为她分明黑是和她不仅同来并且同在看座上坐着的。这行列绕这围场走成了一个圆圈，然后在不知那一边发出的吆喝声中他们都止了步，然后各自向场中心走去。再过一晌，这一些人自占定了一个地位，擎起了锄头，在又一声吆喝的喊响中，各自在身前的一块土上用力的垦，同时齐声开始了一种异样的歌唱；音调是悲壮如同战场上的金鼓，初起还是低缓，像是在远的涛声，再来是渐次高翻的激昂，排山倒海似的，和着铁锄斗着坚土的铮铮，把整个的空间震成了不分涯涘的澎湃。锄头的起落也是渐次的加快，杂彩的衣袖舞成了耀眼的一片。初起繁和黑的身影，还可勉强的辨认，随后逐渐的模糊直到再也分不清楚，她望得眼球发酸都是无用。这样绵延了不知有多少时间，忽然一切声响和动作都一齐止息了，场中间每人的跟前都裂着一个乌黑的坑口，每人身上的衣服也全都变了黑色。这时候全场上静极了，只听得风轻轻的掠过无数新掘的土坑，发出怡神的细乐，在半空里回旋，这时候她正想转身问她同看的人这耍的算是什么玩艺，猛然又听得一声震耳的吆喝,在这异响的激震中,场围中各个人都把锄头向空一撒手,骍的一声叫响,各自纵身向各自垦开的坑口里跳了下去,同时整个的天也黑压压的扑盖了下来……

(未完)

载上海《新月》杂志第 3 卷第 11 号(1931 年 9 月)

徐志摩漫话世情

给抱怨生活干燥的朋友

得到你的信，像是掘到了地下的珍藏，一样的希罕，一样的宝贵。

看你的信，像是看古代的残碑，表面是模糊的，意致却是深微的。

又像是在尼罗河旁边暮夜，在月亮正照著金字塔的时候，梦见一个黄金袍服的帝王，对著我作谜语，我知道他的意思，他说，我无非是一个体面的木乃伊。

又像是我在雾里山脚下半夜梦醒时听见松林里夜鹰的 Soprano，可怜的遭人厌毁的鸟，他虽则没有子规那样天赋的妙舌，但我却懂得他的怨忿，他的理想，他的急调是他的嘲讽与咒诅：我知道他怎样的鄙蔑一切，鄙蔑光明，鄙蔑烦嚣的燕雀，也鄙弃自喜的画眉。

又像是我在普渡山发现的一个奇景；外面看是一大块的岩石，但里面却早被海水蚀空，只剩罗汉头似的一个脑壳，每次海涛向这岛身搂抱时，发出极奥妙的音响，像是情话，像是咒诅，像是祈祷，在雕空的石笋，钟乳间呜咽，像是大和琴的谐音在皋雪格的花椽，石楹间回荡——但除非你有耐心与勇气，攀下几重的石岩，俯身下去凝神的察看与倾听，你也许永远不会想像，不必说发现这样的秘密。

又像是……但是我知道，朋友，你已经听够了我的比喻；也许愿意听我自然的嗓音，与不做作的语调，不愿意收受用幻想的亮箔包裹着的话，虽则，我不能不补一句，你自己就是最喜欢从一个弯曲的白银喇叭里，吹弄你的古怪的调子。

你说风大土大生活干燥；这话仿佛是一阵奇怪的凉风，使我感觉一个恐惧的战栗；像一团飘零的秋叶，使我的灵魂里吊下一滴悲悯的清泪。

我的记忆里，我似乎自信，并不是没有葡萄酒的颜色与香味，并不是没有妩媚的微笑的痕迹，我想我总可以抵抗你那句灰色的语调的影响——

是的，昨天下午我在田里散步的时候，我不是分明看见两块凶恶的黑云消灭在太阳猛烈的光焰里，五只小山羊，兔子一样的白净，听著她们妈的吩咐在路旁寻草吃，三个捉草的小孩在一个稻屯前抛掷镰刀，自然的活泼给我不少的鼓舞，我对著白云里的宝塔喊说我知道生命是有意趣的。

今天太阳不会出来，一捆捆灰色的云在空中紧紧的挨著，你的那句话碰巧又来添上了几重云蒙，我又疑惑我昨天的宣言了。

我也觉得奇怪，朋友，何以你那句话在我的心里，竟像白垩涂在玻璃上，这半透明的沉闷是一种很巧妙的刑罚，我差不多要喊痛了。

我向我的窗外望，暗沉沉的一片，也没有月亮，也没有星光，日光更不必想，他早已离别了，那边黑蔚蔚的是林子，树上，我知道，是夜鸦的寓处，树下累累的在初夜的微芒中排列著，我也知道，是坟墓，僵的白骨埋在硬的泥里，磷火也不见一星，这样的静，这样的惨，黑夜的胜利是完全的了。

我闭著眼向我的灵府里问讯，呀，我竟寻不到一个与干燥脱离的

徐志摩漫话世情

生活的意像,干燥像一个影子永远跟著生活的脚后,又像是葱头的葱管,永远附著在生活的头顶,这是一件奇事。

朋友,我抱歉,我不能答复你的话,虽则我很想;我不是爽恺的西风,吹不散天上的云罗,我手里只有一把粗拙的泥锹,如其有美丽的理想或是希望要埋葬时,我的工作到底是现成的——我也有过我的经验。

朋友,我并且恐怕,说到最后,我只得收受你的影响,因为你那句话已经凶狠的咬入我的心里,像一个有毒的蝎子,已经沈沈的压在我的心上,像一块盘陀石,我只能忍耐,我只能忍耐⋯⋯

二月二十六日

载北京《晨报·文学旬刊》1924 年 3 月 21 日

年终便话①

一

这年头你再不用想有什么事儿如意。往东东有累坠,往西西有别纽。眼见的耳闻的满没有让你宽心的事。屋子外面缺少光亮,回家来更显得黯惨,出门去道儿不平顺。自个儿坐在空房里转念头时,满脑子也只是怕人的鬼影。大事儿是一片糊,小零星也不得干净。想找人诉诉苦,来人的脸子绷得比你的更长。你笑人家不认得真珠,你自己用锦匣儿装着的也全是机器的出品。什么都走岔了道,什么都长豁了样。这年头。这年头。

一年容易,又到了尽头。回头望望,就只烟雾似的一片。希望、理想—好词儿,希望早给劈碎了当柴烧。在这小火上面慢慢的烤糊了理想,烤糊了的栗子,烤糊了的白薯,捏上手全是灰,还热着哪。再别高谈什么人生。生活就比是小孩们在地上用绳子抽着直转的地龙,东一歪西一跛的,嗡嗡的扁着小嗓子且唱。

①原文多以句号断句,现按现代汉语标准修改了标点符号。

93

又来了一个冬至，冷飕飕的空气，草尖上挑着稀松的霜，黑夜赖着不肯走。好时候！我想到一个僻静的教堂里去，听穿白长袍的孩子们唱赞美诗，看二尺来高的白蜡一寸寸的往下矮，你想。不错，你是这么想来著。我可想独自关在屋子里抒写一半行从性灵暖处来的诗句，暖暖的，像打伤了小鸟的前胸的羽毛。跳着的。你想。不错，你是这么想来着。然又想……得。你想开了罢。这年头那容你有一件事儿。顶小顶轻松的事儿。如意称心。

二

可是尽说这冷落丧气话也不公平。冷急了自然只能拿希望劈成小柴生火，可是在这小火上面许还有些没有完全烤糊的理想。前天在无意中检着了一个！田寿昌上回看他自己的戏叫人家演糊了的时候，他急得直跳腿，脸上爆着粗汗，说比死还难过。他说他里面有火，一时可透不出焰来。这回他的火吐了焰了。鱼龙会那几个小戏是值得赞美的，虽则我只见着了一个半多些。我满想腾出一晚去看他的戏，可偏是这鬼忙，错了一天又一天。前天下午，有一点钟的闲，就拉着小曼去看鱼龙，进门就听得老婆子的悲声，湖南口音。那一间小屋子格着戏座的先叫我欢喜，台上的光也匀得好。我们一大群人成天嚷着要办小剧院，就知道抱怨世界上缺少慷慨的富翁来替我们化钱，却从不曾想到普通一间客厅就够我们试验，只要你精神饱满，什么莫利哀、莎士比亚、席勒，都不来嫌你简陋。鱼龙会的精神是一团不懈的精神，不铺张，不浮夸，不草率。小屋子里盛满了认真的兴会与努力，这是难得有的。

地方紧凑有种种好处。第一演戏的不感著拘束。他们可以放心说

94

他们做他们的，说坏了做坏了都没有多大关系，这不矜持在演剧的成功上是一个大原则。第二地方小容易造成一种暖和的空气，在这里面谁都不觉得生分，谁都觉着舒泰，台上与台下间自会发生一种密切。台上容易讨好，台下容易见情，仿佛彼此是一家子，谁也不用防谁，这多有意思。第三是小场所可以完全动员看戏人的注意。教育的一个意义，是教人集中注意。我们平常读书听话乃至看戏狠难得专心一意的。我们平常收受经验评判经验的不是我们纯粹的性灵。在我们意识最上层浮着的往往只是种种的偏见与成见，像水面上的浮腻，这里面永远反映不出清晰的形象来。普通商业性质的戏院子，都是太大太空廓太嘈杂太散漫，因此观众的"灵窍"什么也不能自然的完全的开着，小剧场正合式。正为是小，它的同化的力量却反而大，因此往往在大舞台上不怎样成功的作品，在小剧场里却收成了最大的效果，反之小剧场的成功上舞台去不准成，这关键就在小台上的动作神情说话，台上全认得真听得清，又不费演员的劲。

三

话似乎说远了。鱼龙会的戏我只见了《爸爸回来了》、《苏州夜话》，据说还不是顶好的。《爸爸回来了》这戏编得并不好，演来也尽有可商量的地方。但这戏没有做完，小曼和我同去的朋友们都变成了泪人儿。听说有一天外客来看的只有一个! 一个厨子。他的东家化钱买了券，叫他来看的。他不知看了那一个戏竟哭得把他完全油渍过的短袄又加一次泪渍。他站起来就跑。旁人留他再看，他说实在伤心得再也受不住了。这可见田先生的戏至少已经得到了眼泪的成功。戏的大致是一个酒徒兼色鬼的为了一个不相干的女人丢了家，抛下他的妻和三个小孩，最大的八岁。家私是早给他荡尽了的。他的女人一着急，就带了她的孩子投河寻死去，又没有死成。那大孩子倒有志气，吃了无穷的苦居然挣起了一份家养他的母亲，并且还帮助他的弟妹上学。这年他已经二十三了。爸爸回来了，甘脆一个要饭的。他穷得没路走又回来了。他的妻子没有心肠再责备他。他的两个小儿女也觉得爸爸怪可怜的。但大儿子可不答应。他简直的不认。如其认，不认他父亲，认他是仇人。他弟弟他妈都想留下那化子，他一人不答应。爸爸没法子只得又走了。小儿子跟了去。幕落在他妹子过来伏在他身上哭着叫哥哥。那父亲临走时几声"还是去吧"，声音极悲惨。看的人哭是哭了，对戏可有批评。他们都觉得儿子总不该这样的对付老子。他已经流落到快死的地步。他们说国贤的见解是危险性的。他的意思是负责任的父母才是父母，放弃责任同时就放弃权利。他父亲既然有这狠心丢下他的妻儿，做儿子的也正该回敬这狠心。不收容一个濒死的父亲，这是一个伦理问题，也不是没有趣味的。正如早年在易卜生的戏里挪拉该不该抛弃家庭丈夫儿女是引起议论的一个问题。但现在姑且不谈。我倒是新近听到一件实事，颇使人觉着愤慨的，想在此附带说了。

子女对父母负有孝养的责任。因为父母对子女先尽了抚育的责任。这是相对的。子女对尽责的父母不尽孝或是父母虐待尽责的子女，一样是理性上人情上说不过去的。但已往法律，似乎只承认父母有告子女忤逆的权利，子女却不能告父母不尽责。换句话说，社会的制裁只能干涉到子女，却不能干涉到父母。因为旧伦理学的假定是"天下无不是之父母"。君要臣死，臣就得死，再没有话说。但父母却不能随便处死子女。孔子说"小杖则受，大杖则走"。这"走"字是可寻味的。这是说父母到了发毒的时候，子女就该自己打主意。但孔子却不曾说，"大杖则社会得干涉之"。

关于这一点，这时代不同的地方，就在这一句话。子女对父母或父母对子女关系，已经绝对转成相对。社会的力量，可以干涉子女，同时也可以干涉父母。这样说来，爸爸回来了。那戏里的国贤的见解并不是不合理的。虽则他如其能更进一层宽恕他父亲，因于骨肉的感情，或是因为人道的动机。我们对于那戏同情许可以更深些。现在如其有某父或母非分的虐待他的子女因而致死，这父或母是否对社会对法律负有一种责任。同时法律和社会在发见有这类事实时是否负有援助或申雪的责任，尤其是当这被虐者有特种天才对社会能有特别贡献的时候，社会是否更应得执行它干涉的责任。前几天上海死了一个有名的女伶。她虽则是病死，但她的得病却是为了不自然的由来。她是极活泼玲俐的一个孩子，在北方，在上海都博到极好的名气。替她家也赚了不少的钱。她是她妈亲自教出来的。她妈的教法，完全是科班的教法。科班的残暴无人道的内幕我们多少知道，但我们却不易相信一个母亲会得非分的虐待她亲生的一个有天才的孩子。

现在人已死了，事情也过去了。她的妈如其还有一点子人性，也应得追悔她的恶毒。我在这里说起是为在伶界里正受著同类遭遇的孩子正不知有多少。为防止此后的悲惨起见，我想社会方面相当的表示正许是必要的。这灰色的人生里，正不知包容着多少悲惨的内幕。人们只是看不见。但有文化的社会是不应得容许这种黑暗的。我们不能因为"看不见"就解卸我们的责任。

载上海《申报》1928 年 1 月 1 日

守旧与"玩"旧

一

走路有两个走法:一个是跟前面人走,信任他是认识路的,一个是走自己的路,相信你自己有能力认识路的。谨慎的人往往太不信任他自己;有胆量的人往往过分信任他自己。为便利计,我们不妨把第一种办法叫作古典派或旧派,第二种办法叫作浪漫派或新派。在文学上,在艺术上,在一般思想上,在一般做人的态度上,我们都可以看出这样一个分别。这两种办法的本身,在我看来,并没有什么好坏,这只是个先天性情上或后天嗜好上的一个区别。你也许夸他自己寻路的有勇气,但同时就有人骂他狂妄;你也许骂跟在人家背后的人寒伧,但同时就有人夸他稳健。应得留神的就只一点:就只那个"信"字是少不得的;古典派或旧派就得相信——完全相信——领他路的那个人是对的,浪漫派或新派就得相信——完全相信——他自己是对的。没有这点子原始的信心,不论你跟人走,或是你自己领自己,走出道理来的机会就不见得多,因为你随时有叫你心里的怀疑打断兴会的可能;并且即使你走着了也不算希奇,因为那是碰巧,与打中白鸽票的差不多。

二

　　在思想上抱住古代直下来的几根大柱子的，我们叫作旧派。这手势本身并不怎样的可笑，但我们却盼望他自己确凿的信得过那几条柱子是不会倒的。并且我们不妨进一步假定上代传下来的确有几根靠得住的柱子，随你叫它纲，叫它常，礼或是教，爱什么就什么，但同时因为在事实上有了真的便有假的，那几根真靠得住的柱子的中间就夹着了加倍加倍的幻柱子，不生根的，靠不住的，假的。你要是抱错了柱子，把假的认作真的，结果你就不免伊索寓言里那条笨狗的命运：它把肉骨头在水里的影子认是真的，差一点叫水淹了它的狗命。但就是那狗，虽则笨，虽则可笑，至少还有它诚实的德性：它的确相信那河里的骨头影子是一条真骨头。假如，譬方说，伊索那条狗曾经受过现代文明教育，那就是说学会了骗人上当。明知道水里的不是真骨头，却偏偏装出正经而且大量的样子，示意与它一同站在桥上的狗朋友们，它们碰巧不受教育的因此容易上人当，叫它们跳下水去吃肉骨头影子，它自己倒反站在旁边看趣剧作乐，那时我们对它的举动能否拍掌，对它的态度与存心能否容许？

三

　　寓言是给有想像力并且有天生的幽默的人们看的，它内中的比喻是"不伤道"的；在寓言与童话里——我们竟不妨加一句在事实上——就有许多畜生比普通人们——如其我们没有一个时候忘得了人是宇宙的中心与一切的标准——更有道德,更诚实,更有义气,更有趣味,更像人!

四

一面说完了原则,使用了比方,现在要应用了。在应用之先,我得介绍我说这番话的缘由。"孤桐"在他的《再疏解辁义》——《甲寅》周刊第十七期——里有下面几节文章——

……凡一社会能同维秩序,各长养子孙,利害不同,而游刃有余,贤不肖浑殽而无过不及之大差,雍容演化,即于繁祉,共游一藩,不为天下裂,必有共同信念以为之基,基立而构兴,则相与饮食焉,男女焉,教化焉,事为焉,涂虽万殊,要归于一者也。兹信念者,亦期于有而已,固不必持绝对之念,本逻辑之律,以绳其为善为恶,或衷于理与否也……(圈是原有的也是我要特加的。摩。)

……此诚世道之大忧,而深识怀仁之士所难熟视无睹者也。笃而论之,如耶教者,其蟪陋焉得言无;然天下之大,大抵上智少而中材多,宇宙之谜,既未可以尽明,因葆其不可明者:养人敬畏之心,取使彝伦之叙,乃为忧世者意念之所必至,故神道设教,圣人不得已而为之,固不容于其义理,详加论议也。

……过此以往,稍稍还醇返朴,乃情势之所必然;此为群化消长之常,甲无所谓进化,乙亦无所谓退化,与愚曩举辁义,盖有合焉。夫吾国亦苦社会公同信念之摇落也甚矣,旧者悉毁而新者未生,后生徒恃己意所能判断者,自立准裁,大道之忧,孰甚于是,愚

100

为此惧。论人怀己,趣申本义,昧时之讥,所不敢辞。

五

孤桐这次论的是美国田芮西州新近喧传的那件大案;与他的"轹义有合"的是判决那案件的法官们所代表的态度,就是特举的说,不承认我们人的祖宗与猴子的祖宗是同源的,因为圣经上不是这么说,并且这是最污辱人类尊严的一种邪说。关于孤桐先生论这件事的批评,我这里暂且不管,虽则我盼望有人管,因为他那文里叙述兼论断的一段话,并不给我他对于任何一造有真切了解的印象。我现在要管的是,孤桐在这篇文章里泄露给我们他自己思想的基本态度。

自分是"根器浅薄之流",我向来不敢对现代"思想界的权威者"的思想存挑战的妄念,《甲寅》记者先生的议论与主张,就我见得到看得懂的说,狠多是我不敢苟同的,但我这一晌只是忍着不说话。

同时我对于现代言论界里有孤桐这样一位人物的事实,我到如今为止,认为不仅有趣味,而且值得欢迎的。因为在事实上得着得力的朋友固然不是偶然,寻着相当的敌手也是极难得的机会。前几年的所谓新思潮只是在无抵抗性的空间里流着;这不是"新人们"的幸运,这应分是他们的悲哀,因为打架大部分的乐趣,认真的说,就在与你相当的对敌切实较量身手的事实里:你揪他的头发,他回揪你的头毛,你腾空再去扼他的咽喉,制他的死命,那才是引起你酣兴的办法;这暴烈的冲突是快乐,假如你的力量都化在无反应性的空气里,那有什么意思?早年国内旧派的思想太没有它的保护人了,太没有战斗的准备,退让得太荒谬了;林琴南只比了一个手势就叫敌营的叫嚣吓了回去。新派的拳头始终不曾打着重实的对象；我个人　时间还猜想旧派竟许永远不会有对垒的能耐。但是不，《甲寅》周刊出世了，它那势力，至少就销数论，似乎超过了现行任何同性质的期刊物。我对于孤桐一向就存十二分敬意的，虽则明知在思想上他与我——如其我配与他对称这一次——完全是不同道的。我敬仰他因为他是个合格的敌人。在他身上，我常常想，我们至少认识了一个不苟且，负责任的作者，在他的文字里，我们至少看着了旧派思想部分的表现。有组织的根据论辩的表现。有肉有筋有骨的拳头，不再是林琴南一流棉花般的拳头了；在他的思想里，我们看了一个中国传统精神的秉承者，牢牢的抱住几条大纲，几则经义，决心在"邪说横行"的时代里替往占争回一个地盘；在他严刻的批评里新派觉悟了许多一向不曾省察到的虚陷与弱点。不，我们没有权利，没有推托，来蔑视这样一个认真的敌人，我常常这么想，即使我们有时在他卖弄他的整套家数时，看出不少可笑的台步与累赘的空架。每回我想着了安诺尔德说牛津是"败绩的主义的老家"，我便想像到一轮同样自傲的彩晕围绕在《甲寅》周刊的头顶；这一比量下来，我们这方倚仗人多的势力倒反吃了一个幽默上的亏输！不，假如我的祈祷有效力时，我第一就希冀《甲寅》周刊所代表的精神"亿万斯年"！

六

因为两极端往往有碰头的可能。在哲学上，最新的唯实主义与最老的唯心主义发现了彼此是紧邻的密切；在文学上，最极端的浪漫派作家往往暗合古典派的模型；在一般思想上，最激进的也往往与最保守的有联合防御的时候。这不是偶然，这里面有深刻的消息。"时代有不同，"诗人勃兰克说,"但天才永远站在时代的上面。""运动有不同,"英国一个艺术批评家说,"但传统精神是绵延的。"正因为所有思想最后的目的就在发见根本的评价标源,最浪漫(那就是最向个性里来)的心灵的冒险往往只是发见真理的一个新式的方式,虽则它那本质与最旧的方式所包容的不能有可称量的分别。一个时代的特征,虽则有,毕竟是暂时的,浮面的:这只是大海里波浪的动荡,它那渊深的本体是不受影响的;只要你有胆量与力量没透这时代的掀涌的上层你就淹入了静定的传统的底质。要能探险得到这变的底里的不变,那才是攫着了骊龙的颔下珠,那才是勇敢的思想者最后的荣耀。旧派人不离口的那个"道"字,依我浅见,应从这样的讲法,才说得通,说得懂。

七

孤桐这回还有顶谨慎的捧出他的"大道"的字样来作他文章的后镇——"大道之忧,孰甚于是?"但是这回我自认我对于孤桐,不仅他的大道,并且他思想的基本态度,根本的失望了! 而且这失望在我是一种深刻的幻灭的苦痛。美丽的安琪儿的腿,这样看来,原来是泥做的! 请看下文。

我举发孤桐先生思想上没有基本信念。我再重复我上面引语加圈的几句:"………兹信念者亦期于有而已,固不必持绝对之念,本逻辑之律,以绳其为善为恶,或衷于理与否也。"所有唯心主义或理想主义的力量与灵感就在肯定它那基木信念的绝对性;历史上所有殉道殉教殉主义的往例,无非那几个个人在确信他们那信仰的绝对性的真切与热奋中,他们的考量便完全超轶了小己的利益观念,欣欣的为他们各人心目中特定的"恋爱"上十字架,进火焰,登断头台,服毒剂,尝刀锋。假如他们——不论是耶稣,是圣保罗,是贞德,勃罗诺,罗兰夫人,或是甚至苏格腊底斯——假如他们各个人当初曾经有刹那间会悟到孤桐的达观:"固不必持绝对之念",那在他们就等于澈底的怀疑,如何还能有勇气来完成他们各人的使命?

但孤桐已经自认他只是一个"实际政家",他的职司,用他自己的辞令,是在"操剥复之机,妙调和之用",这来我们其实"又何能深怪"?上当只是我自己。"我的腿是泥塑的",安琪儿自己在那里说,本来用不着我们去发见。一个"实际政家"往往就是一个"投机政家",正因他所见的只是当时与暂时的利害,在他的口里与笔下,一切主义与原则都失却了根本的与绝对的意义与价值,却只是为某种特定作用而姑妄言之的一套,背后本来没有什么思想的诚实,面前也没有什么理想的光彩。"作者手里的题目,"阿诺尔德说,"如其没有贯彻他的,他一定做不好:谁要不能独立的运思,他就不会被一个题目所贯彻。"(Matthew Arnold:Preface to Merope)如今在孤桐的文章里,我们凭良心说,能否寻出些微"贯彻"的痕迹,能否发见些微思想的独立?

八

一个自己没有基本信仰的人,不论他是新是旧,不但没权利充任思想的领袖,并且不能在思想界里占任何的位置;正因为思想本身是独立的,纯粹性的,不含任何作用的。他那动机,我前面说过,是在重新审定,劈去时代的浮动性,一切评价的标准,与孤桐所谓"第二者(即实际政家)之用心:"操剥复之机,妙调和之用",根本没有关连。一个"实际政家"的言论只能当作一个"实际政家"的言论看；他所浮沤的地域，只在时代浮动性的上层！他的维新，如其他是维新，并不是根基于独见的信念，为的只是实际的便利；他的守旧，如其他是守旧，他也不是根基于传统精神的贯彻，为的也只是实际的便利。这样一个人的态度实际上说不上"维"，也说不上"守"，他只是"玩"！一个人的弊病往往是在夸张过分；一个"实际政家"也自有他的地位，自有他言论的领域，他就不该侵入纯粹思想的范围，他尤其不该指着他自己明知是不定靠得住的柱子说"这是靠得住的，你们尽管抱去"，或是——再引喻伊索的狗——明知水里的肉骨头是虚影——因为他自己没有信念——却还怂恿桥上的狗友去跳水，那时他的态度与存心，我想，我们决不能轻易容许了吧！

载北京《晨报副刊》1925 年 11 月 11 日

徐志摩漫话世情

105

再 论 自 杀

我不狠明白陈女士这里"自杀的愿念"的意义。乡下人家的养媳妇叫婆婆咒了一顿就想跳河死去;这算不算自杀的愿念?做生意破了产没面目见人想服毒自尽;这皇〈还〉不是自杀的愿念?有印度人赤着身子去喂恒河里的鳄鱼;有在普渡山舍身岩上跳下去粉身碎骨的;有跟着皇帝死为了丈夫死的各种尽忠与殉节;有文学里维特的自杀;奥赛洛误杀了玳思玳蒙娜的自杀,露米欧殉情的自杀,玖丽亚从棺材里醒过来后的自杀……如其自杀的意义只是自动的生命的舍弃,那上面约举的各种全是自杀,从养媳妇跳河起到玖丽亚服毒止,全是的。但这中间的分别多大:乡下死了一个养媳妇我们至多觉着她死得可怜,或是我们听得某处出了节烈,我们不仅觉得怜,并且觉得愤:"呒,礼教又吃了一条命!"但我们在莎士比亚戏里看到玖丽亚的自杀或是在葛德的小说里看到维特的自杀,我们受感动(天生永远不会受感动的人那就没法想,而且这类快活人世上也不少!)的部分不是我们浮面的情感,更不是我们的理智,而是我们轻易不露面的一点子性灵。在这种境地一切纯理的准绳与判断完全失却了效用,像山脚下的矮树永远够不到山顶上吞吐的白云。玖丽亚也许痴。但她不得不死;假如玖丽亚从棺材里醒回来见露米欧毒死在她的身旁,她要是爬了起来回家另听父母替她择配去,你看客答应不答应?虽则你明知道(在想像中)那样可爱一个女孩白白死了是怪可惜的——社会的损失!再比如维特也许傻,真傻,但他,缚住在他的热情的逻辑内,也不得不死,假如维特是孟和先生理想的合理的爱者而不是葛德把他写成那样热情的爱者,他在得到了夏洛德真爱他的凭据(一度亲吻)以后,就该堂皇的要求她的丈夫正式离婚,或是想法叫夏洛德跟他私奔,成全他们俩在地面上的恋爱——你答应不答应?办法当然是办法,但维特却不成"维特"了,葛德那本小书,假如换一个更"合理"的结局,我们可以断言,当年就不会轰动全欧,此时也决不会牢牢的留传在人的记忆中了。

所以自杀照我看是决不可以一概论的;虽则它那行为结果只是断绝一个身体的生命。自杀的动机与性质太不同了,有的是完全愚暗,有的是部分思想不清,有的是纯感情作用,有的殉教,有的殉礼,有的殉懦怯,有的殉主义。有的我们绝对鄙薄,有的我们怜悯,有的使我们悲愤,有的使我们崇拜。有的连累自杀者的家庭或社会;有的形成人类永久的灵感。"死有轻于鸿毛,有重于泰山",这一句话概括尽了。

但是我们还不曾讨论出我们应得拿什么标准去评判自杀。陶孟和先生似乎主张以自杀能否感化社会为标准(消极的自杀当然是单纯懦怯,不成问题)。陈衡哲女士似乎主张自杀的发愿或发心在当事人有提高品格的影响。我答陶先生的话是社会是根本不能感化的,圣人早已死完了,我们活着都无能为力,何况断气以后,陶先生的话对的。陈女士的发愿说亦似不尽然。你说曾经想自杀而不曾实行的人,就会比从没有想过自杀的人不怕死,更有胆量?我说不敢肯定这一说。就说我自己,并且我想在这时代十个里至少九个半的青年,曾经不但想而且实际准备过自杀,还不止一次;但却不敢自信我们因此就在道德上升了格,不再是"畏葸的细士"。不,我想单这发愿是不够的,并且我们还得看为什么发愿。要不然乡下养媳妇几乎没有不想寻死过的,这也是发愿,可有什么价值?反面说,玖丽亚与维特事前并不存心死,他们都要认真的活,但他们所处的境地连着他们特有的思想的逻辑逼迫他们最后的舍生,他们也就不沾恋,我们旁观人感受的是一种纯精神性的感奋,道德性的你也可以说,但在这里你就说不上发愿不发愿。热恋中人思想的逻辑是最简单不过的:我到生命里来求爱,现在我在某人身上发见了一生的大愿,但为某种不可克胜的阻力我不能在活着时实现我的心愿,因此我勉强活着是痛苦,不如到死的境界里去求平安,我就自杀吧。他死因为他到了某时候某境地在他是不得不死。同样的,你一生的大愿如其是忠君或是爱国,或是别的什么,你事实上思想上找不到出路时你就望最消极或是最积极的方向——死——走去完事。

这里我想我们得到了一点评判的消息。就是自杀不仅必得是有意识的,而且在自杀者必定得在他的思想上达到一个"不得不"的境界,然后这自杀才值得我们同情的考量。这有意识的涵义就是自杀动机相对的纯粹性,就是自杀者是否凭藉自杀的手段去达到他要的"有甚于生"的那一点。我同情梁巨川先生的自杀就为在他的遗集里我发见他的自杀不仅是有意识的,而且在他的思想上的确达到了一个"不得不"的境界。此外愤世类的自杀,乃至存心感化类的自杀我都看不出许可的理由,而且我怕我们只能看作一种消极的自杀,借口头的饰词自掩背后或许不可告人的动机——因为老实说,活比死难得多,我们不能轻易奖励避难就易的行为,这一点我与孟和先生完全同意。

载北京《晨报副刊》1925 年 10 月 24 日

《一封情书》按语[①]

看中国二十四史乏味，看西洋传记有趣的一个理由，是中国史家只注重一个人的"立德立言立功"，而略过他的情感最集中的恋爱经验。也许我们的祖宗们并不知道这回事，除了狎妓。即使有，在个人本身，也是讳莫如深的。立志不要吃冷猪肉的，能有几个？现在时代换样，反动到了；在青年人看来，事业是虚荣，功利是虚荣，文章是虚荣，人生里真的只有一件事——恋爱。结果副刊的来稿，除了骂人，就是谈恋爱；随你当主笔的怎样当心选稿，永远拿"不要诱惑青年"一句话当作标准，结果总还是离不了"性，性，再来还是性！"明白人看了是不会生气的，至多笑笑，要不然叹一口气。本来是这么回事。近来常有人责问我为什么好好的篇幅不登些正经文章，老是这恋爱长恋爱短什么意思？因此我愈觉得有"开风气"的必要。

闲话少说，下面一篇我题名叫《一封情书》的，是新近在关外乱军中身亡的林宗孟先生写给我的一封信。这话得解释。分明是写给他情人的，怎么会给我呢？我的答话是我就是他的情人。听我说这段逸话。

---

① 这是作者为林宗孟(长民)《一封情书》所写的按语。

徐志摩漫话世情

四年前我在康桥时,宗孟在伦敦,有一次我们说着玩,商量彼此装假通情书。我们设想一个情节,我算是女的,一个有夫之妇,他装男的,也是有妇之夫,在这双方不自由的境遇下彼此虚设的通信讲恋爱。好在彼此同感"万种风情无地着"的情调,这假惺惺未始不是一种心理学家叫做"升华"。下面印的是他给我最长的一封(实际上我们各写各的,情节并不对准,否则凑起倒也成一篇有趣的小说)。宗孟先生在民国元年在南京当代表遭险是实事,他这里说的他那心里的一团热火实有背景与否,他始终不曾明说过。不论怎样,他这篇文章写得有声有色,真不错。在我看是可传的;至少比他手订的中华民国大宪法有趣味有意义甚至有价值得多。将来双栝斋文集印出时,我敢保这封情书,如其收入的话,是最可诵的一篇。中古世纪政治史上多大的事情我们都忘了,单只一个尼姑与一个和尚的情书(Love letters of Heloise and Abelard)到今天还放着异彩。十五十六世纪间多大的事情都变了灰,但一个葡萄牙小尼姑写给一个薄情的法国军官的情书到今天还有使我们掉泪的力量。谁敢断定奉直战争一类事实的寿命一定会比看来漫不相干的情书类的文章长久?

记得曾经有人拿"恋爱大家"的徽号给林宗孟。这也是有来历的。

早三年他从欧洲回京时,曾经标恋爱的题目公开讲演过。据说议论极彻透,我盼望过天有机会发表他的原稿(他对我说过他有原稿,但须改作)。我们要记得宗孟先生不是少年,他是鬓苍苍的五十老翁。但他的头脑可不是腐败名士派的头脑,他写的也不是香奁体一派的滥调。别看他老,他念的何尝不是蔼理士,马利施笃普司,以及巴尔沙克《结婚的生理学》一类的书?听他讲才痛快哪!他的心是不老的。

他文章里有几句话竟与他这回惨死的情形有相印处。"微月映雪,眼底缤纷碎玉有薄光,倏忽间人影杂遝,则乱兵也。下车步数武,对面弹发……"上次脱了险,这回脱不了,(掉一句古文调说)其命也欤! 认识他非常才调的,不能不觉着惨。

二月四日

载北京《晨报副刊》1926 年 2 月 4 日

徐志摩漫话世情

求 医

To underst and that the sky is everywhere, blue,it is not neces-
sary to have travelled all round the world.——Goethe

新近有一个老朋友来看我,在我寓里住了好几天。彼此好久没有
机会谈天,偶尔通信也只泛泛的;他只从旁人的传说中听到我生活的
梗概,又从他所听到的推想及我更深一义的生活的大致。他早把我看
作"丢了"。谁说空闲时间不能离间朋友间的相知?但这一次彼此又检
起了,理清了早年息息相通的线索,这是一个愉快!单说一件事:他看
看我四月间副刊上的两篇《自剖》,他说他也有文章做了,他要写一篇
《剖志摩的自剖》。他却不曾写;我几次逼问他,他说一定在离京前交
卷。有一天他居然谢绝了约会,躲在房子里装病,想试他那柄解剖的
刀。晚上见他的时候,他文章不曾做起,脸上倒真的有了病容!"不成
功,"他说,"不要说剖,我这把刀,即使有,早就在刀鞘里锈住了,我怎
么也拉它不出来! 我倒自己发生了恐怖,这回回去非发奋不可。"打了
全军覆没的大败仗回来的,也没有他那晚谈话时的沮丧!

但他这来还是帮了我的忙;我们俩连着四五晚通宵的谈话,在我

至少感到了莫大的安慰。我的朋友正是那一类人,说话是绝对不敏捷的,他那永远茫然的神情与偶尔激出来的几句话,在当时极易招笑,但在事后往往透出极深刻的意义,在听着的人的心上不易磨灭的:别看他说话的外貌乱石似的粗糙,它那核心里往往藏着直觉的纯璞。他是那一类的朋友,他那不浮夸的同情心在无形中启发你思想的活动,引逗你心灵深处的"解严";"你尽量披露你自己",他仿佛说,"在这里你没有被误解的恐怖。"我们俩的谈话是极不平等的;十分里有九分半的时光是我占据的,他只贡献简短的评语,有时修正,有时赞许,有时引申我的意思;但他是一个理想的"听者",他能尽量的容受,不论对面来的是细流或是大水。

　　我的自剖文不是解嘲体的闲文,那是我个人真的感到绝望的呼声。"这篇文章是值得写的,"我的朋友说,"因为你这来冷酷的操刀,无顾恋的劈剖你自己的思想,你至少摸着了现代的意识的一角;你剖的不仅是你,我也叫你剖着了,正如葛德说的'要知道天到处是碧蓝,并用不着到全世界去绕行一周'。你还得往更深处剖,难得你有勇气下手;你还得如你说的,犯着恶心呕苦水似的呕,这时代的意识是完全叫种种相冲突的价值的尖刺给交占住,支离了缠昏了的,你希冀回复清醒与健康先得清理你的外邪与内热。至于你自己,因为发见病象而就放弃希望,当然是不对的;我可以替你开方。你现在需要的没有别的,你只要多多的睡! 休息,休养,到时候你自会强壮。我是开口就会牵到葛德的,你不要笑;葛德就是懂得睡的秘密的一个。他每回觉得他的创作活动有退潮的趋向,他就上床去睡,真的放平了身子的睡,不是喻言,直睡到精神回复了,一线新来的波澜逼着他再来一次发疯似的创作。你近来的沉闷,在我看,也只是内心需要休息的符号。正如潮水有

113

涨落的现象,我们劳心的也不免同样受这自然律的支配。你怎么也不该挫气,你正应得利用这时期;休息不是工作的断绝,它是消极的活动;这正是你吸新营养取得新生机的机会。听凭地面上风吹的怎样尖厉,霜盖得怎么严密,你只要安心在泥土里等着,不愁到时候没有再来一次爆发的惊喜。"

这是他开给我的药方。后来他又跟别的朋友谈起,他说我的病——如其是病——有两味药可医,一是"隐居",一是"上帝"。烦闷是起原于精神不得充分的怡养;烦嚣的生活是劳心人最致命的伤,离开了就有办法,最好是去山林静僻处躲起。但这环境的改变,虽则重要,还只是消极的一面;为要启发性灵,一个人还得积极的寻求。比性爱更超越更不可摇动的一个精神的寄托——他得自动去发见他的上帝。

上帝这味药是不易配得的,我们姑且放开在一边(虽则我们不能因他字面的兀突就忽略他的深刻的涵义,那就是说这时代的苦闷现象隐示一种渐次形成宗教性大运动的趋向);暂时脱离现社会去另谋隐居生活那味药,在我不但在事实上有要得到的可能,并且正合我新近一天迫似一天的私愿,我不能不计较一下。

我们都是在生活的蜘网中胶住了的细虫,有的还在勉强挣扎,大多数是早已没了生气,只当着风来吹动网丝的时候顶可怜相的晃动着,多经历一天人事,做人不自由的感觉也跟着真似一天。人事上的关连一天加密一天,理想的生活上的依据反而一天远似一天,尽是这飘忽忽的,仿佛是一块石子在一个无底的深潭中无穷尽的往下坠着似的——有到底的一天吗,天知道! 实际的生活逼得越紧,理想的生活宕得越空,你这空手仆仆的不"丢"怎么着?你睁开眼来看看,见着的只是一个悲惨的世界。我们这倒运的民族眼下只有两种人可分,一种是在死的边沿过活的，又一种简直是在死里面过活的：你不能不发悲心不是，可是你有什么能耐能抵挡这普遍"死化"的凶潮？太凄惨了呀这"人道的幽微的悲切的音乐"！那么你闭上眼罢，你只是发见另一个悲惨的世界：你的感情，你的思想，你的意志，你的经验，你的理想，有那一样调谐的，有那一样容许你安舒的？你想要——但是你的力量？你仿佛是掉落在一个井里，四边全是光油油不可攀援的陡壁，你怎么想上得来？就我个人说，所谓教育只是"画皮"的勾当，我何尝得到一点真的知识？说经验吧，不错，我也曾进货似的运得一部分的经验，但这都是硬性的，杂乱的，不经受意识渗透的；经验自经验，我自我，这一屋子满满的生客只使主人觉得迷惑，慌张，害怕。不，我不但不曾"找到"我自己；我竟疑心我是"丢"定了的。曼殊斐儿在她的日记里写——

"我不是晶莹的透澈。"

"我什么都不愿意的〈写〉。全是灰色的；重的，闷的。……我要生活，这话怎么讲？单说是太易了。可是你有什么法子？"

"所有我写下的，所有我的生活，全是在海水的边沿上。这仿佛是一种玩艺。我想把我所有的力量全给放上去，但不知怎的我做不到。"

"前这几天，最使人注意的是蓝的色彩。蓝的天，蓝的山——一切都是神异的蓝！……但深黄昏的时刻才真是时光的时光。当着那时候，面前放着非人间的美景，你不难领会到你应分走的道儿有多远。珍重你的笔，得不辜负那上升的明月，那白的天光。你得够'简洁'的。正如你在上帝跟前得简洁。"

"我方才细心的刷净收拾我的水笔。下回它再要是漏，那它就

115

不够格儿!"

"我觉得我总不能给我自己一个沉思的机会,我正需要那个。我觉得我的心地不够清白,不谦卑,不兴①。这底里的渣子新近又漾了起来。我对着山看,我见着的就是山。说实话?我念不相干的书……不经心,随意?是的,就是这情形。心思乱,含糊,不积极,尤其是躲懒,不够用工——白费时光!我早就这么喊着——现在还是这呼声。为什么这阑珊的,你?阿,究竟为什么?"

"我一定得再发心一次,我得重新来过。我再来写一定得简洁的,充实的,自由的写,从我心坎里出来的。平心静气的,不问成功或是失败,就这往前去做去。但是这回得下决心了!尤其得跟生活接近。跟这天,这月,这些星,这些冷落的坦白的高山。"

"我要是身体健,"曼殊斐儿在又一处写,"我就一个人跑到一个地方,在一株树下坐着去。"她这苦痛的企求内心的莹澈与生活的调谐,那一个字不在我此时比她更"散漫,含糊,不积极"的心境里引起同情的回响!啊,谁不这样想:我要是能,我一定跑到一个地方在一株树下坐着去。但是你能吗?

载北京《晨报副刊》1926 年 9 月 6 日

---

① 此处疑缺一字。

想像的輿论

"**这**次的美术展览会倒是不错。你去过没有？是够你一半天消遣的。画是真不少，洋画古画，什么都有。参考品部的古代书画有极贵的，单这一部的保险听说就是一百万哪！楼上看了画，楼下还有戏看。名角，票友，小班，全有。看乏了可以到美展西菜社去点饥。地方可是真不小，东西也是真不少，亏他们布置的，我跑得腿也酸头也昏了，那一边留着等下回再看吧。"这是把此次美展看作一种热闹，和国货展览会同性质的，一类看客向别人报告新闻的话。

"这两三千幅画里面，"一个爱说俏皮话表示他见解别致的人也许说，"在这无穷的画里面，我只看到半张是要得的。果然他们能让我割买的话，我是他们的主顾。而且还得我自己动手割！"我们再想像一个书画专家停步在一幅古画跟前低声对他的同伴说："这不是前年到过我的手里的那张吗？单看款项就不对。可笑，假古董竟来活充特别参考品！果然这都可以陈列的话，我们家楼梯下那大柜子全够得上出品了！""话说得轻一点。"他的同伴说。一个有批评能力的来客也许要说到那门较好那门较乏的话。我们可以想像说："新派的东西，不论是诗是画，我们终究看不惯。画精赤的人体已是够受的，何况还有种种叫人看不得的姿态？太富于革命精神了，我是敬谢不敏。"说到国画，他也许说："到底还是几个老辈，下笔就不同！苍老究竟是苍老，老牌子，就是郑太夷游戏间涂一棵松树，也看出不同的笔力，有意味！还有曾农髯的山水你看了没有？再说画佛象谁比得上一亭先生的？新起的也未始没有有些意味的，但是也不知怎么的，你看了总觉得他们自己也没有把握。专事临摹固然讨厌，这胡来也总不见妥当。你看看楼上的古画去。古人的气息确是不同，大幅有大幅的精神，小幅有小幅的趣味，饶你看不厌。这一比就显出现代的寒俭。我看不革命固然不了，革了命也还是不了，我觉得悲观。"他的一个更开通的朋友就安慰他说："你话是不错，但就此悲观我以为也不对，并且也不必。凡事一经过大变动，往往陷入一种昏迷的状态，你得容许他一个相当时期等他苏醒过来，然后看他有否一种新气象，新来的精力的表现。说我们这时代是革命的或革命性的当然是没有错，但如果我们以此就认为这时代已经完成一个或是几个阶段，因而期望甚而责成它在艺术里应有某程度的反映，那我们这前提先就不对，结论当然是误。严格的说，我们的生活的革命化（或现代化）的程度还是极浅，种种类似革命的势力，虽则已然激起不少外表的波动，还不说到是已经影响到生命的根柢去解放它潜在的力量。或是换一边说，我们民族内心里要求适应时代的一点热（一点革命精神），还不曾完全突破层层因习的外壳，去和外来的在活动中的势力相团合，只有在这个条件下革命才有完成的希望。还早着哪，朋友！一个火山在它的大迸裂以前，在它喷吐纯粹的光芒烛照到天外的火焰以前，它先得决破多层的地壳，先得抛掷出多量的磊块与泥砂。我们不可因为现在单看见土而忘了蕴藏在底里随后就来的万丈的光焰。"

载上海《美展》三日刊第 2 期（1929 年 4 月 13 日）

话匣子（一）

——《汉姆雷德》与留学生

一个自命时新甚至激进的人多的是发见他自己骨子里其实守旧甚至顽固的时候。最显著的是讲政治：在三四年前热烈的崇拜列宁，信仰劳工革命的先生们这时候在中国不仅笑骂想望共产天国的青年，并且私下祷祝俄国革命快快完全失败，给他一个自夸高见的机会。思想上也是的：十年前的老虎这时候全变了猫了，而且大都有煨灶的倾向，从此不要说人，连耗子都"办不了"了；入后的转变更快了，在这时候张牙舞爪的能有几天威势，看着，不久我们的孩子都会到椅子底下拉住他们的尾巴把他们倒拖出来！神奇化为腐朽，我们每天见得着；但谁见过腐朽复化为神奇？

前年我记得有一晚我与西滢西林在新朋剧场差一点乐破了肠胃；我们买了一个包厢看李悲世一群新剧家演的《汉姆雷德》，据陈大悲的道歉辞令说，那是莎士比亚的四世孙：莎翁的戏兰姆先生写成故事，林琴南先生又从兰姆翻成古文，郑正秋先生又从林琴南编成新剧，最末了特烦李悲世先生开演这空前的中国汉姆雷德。我们不能不乐。同时看客中受感动的自然有，穿天鹅绒衫子的太太们看到奥菲利亚疯了的时候偷揩眼泪的不少。我们这几个人特别的受用，人家愁时

徐志摩漫话世情

我们乐,人家哭时我们笑,有我们的理由。我们是去过大英国,莎士比亚是英国人,他写英文的,我们懂英文的,在学堂里研究过他的戏,至少《汉姆雷德》,在戏台上也看过,许还不止一次,我们当然不仅懂得莎士比亚,并且认识丹麦王子汉姆雷德,我们想象里都有一个他,穿丧服的,见鬼的,蹙着眉头捻紧拳头自己同自己商量——"死好还是不死好?"李悲世先生的汉姆雷德是一个新式汉姆雷德,穿一身燕尾服,走路比奥菲利亚还要婀娜,口气(一口蓝青官话,父王长,母后短)比奥菲利亚还要温柔,一时候跪下一条腿去亲吻奥菲利亚的手算是求婚的意思,顺便博得池子里的鼓掌。我们眼睛长在头发心里的英国留学生怎的不笑断肚肠根?所以这算是我们新剧的成绩,汉姆雷德,丹麦王子,莎士比亚一定在他那坟里翻身哪……

英国留学生难得高兴时讲他的莎士比亚,多体面多够哏儿的事情,你们没到过外国看不完全原文的当然不配插嘴,你们就配扁着耳朵悉心的听。要说艺术的戏剧,听清楚了,戏剧不是娱乐是艺术,纯粹的最高的艺术,是莎士比亚莫利哀一流的神品,不是杨小楼去盗马,余叔岩去闹府,说起艺术两个字管子里的血都会转得快些的,这事情当然更是我们留学生的专利了;我们不出手艺术那蜗牛就永远躲在硬壳里面不透出来,没有我们是不成的,信不信?哼,穿燕尾服的汉姆雷德,猫都笑瞎眼珠了!

这是我们高明新派人腔子里的话,虽则在事实上我们还不屑多费唾液多难为呼吸跟那班人生气,几声冷笑,一小串的鼻音,也尽够表现我们的蔑视了。

同时报仇的神永远在你的背后跟着,随你跑得多快。

最近伦敦戏剧界的新花样是一出老戏,不是别的,就是汉姆雷德,并且还是莎先生的原本,没有重要的改动。大得发,没有一篇评文不称赞,最难服事的批评家都笑着点头了。你知道这新汉姆雷德不同的地方在那里?第一点,顶要紧的,是这丹麦王子,连着他的父王母后,不成事实的丈人,生生疯死的奥菲利亚一群人的衣服全都就近请教彭街上的裁缝,没有跑回三百年去作成依理查白斯时代的成衣师父。奥菲利亚穿短裙子,太子穿白法兰绒运动裤,戴艳色领结(服制都不管了),在朝廷上大大方方的做他的戏。第二个新花样是跟着短裙子白绒裤来的;说话也变活了,原先是一顿一顿的念诗,因为不如此莎翁的诗就给糟蹋了,这回可随熟了,鲍郎尼斯教训儿子也就比你家尊大人在你出门时嘱咐你几句小心话不差什么神气,汉姆雷德自得其乐的演说也就比我们日常空下来没事做自言自语不差什么威严,奥菲利亚对太子说话也就比你的爱人怕你生气跑来陪小心不差什么温存。简单一句话,这回伦敦的新汉姆雷德离着李悲世先生们在新明剧场做的比在我们大英国留学生的想像中的莎翁杰作距离贴近得多!

留学生当然不服气,当然还有自解的话说,但我们现在没工夫听了,唯一崭新的教训是不要太自以为是了,有时候分明极荒谬可笑的试验未始不包涵着相当的暗示,分明山重水曲的转弯未始没有花明柳暗的去处。势利是群性动物的一个通性,本质不同就是:有名利的势利,旧儒林外史式的势利;有知识的势利,新儒林外史式的势利,方向不一样,势利还不一样是势利。我们里面狠少人反省到单这会一点洋文的小事,暗里全把我们变成了不自觉的"夜郎",这是危险的,因为做夜郎的结果往往是把自大的烂泥砌满了原来多少通气的灵窍。那晚我们上新明去看丹麦王子还不是存心去取乐?谁也不曾在直乐的时候抽空想一想这古戏也未始不可新做的可能。我们明里或暗里都赞成活时代用活语言造活文学,但等得丹麦王子穿上了北京饭店里跳舞适用的"活"衣服,我们就下面顿足上面笑酸牙根骂人家胡闹!

等着:古戏新做,古诗新读,古话新说一类的可能性大着哩。我此时想像一个空城计的诸葛军师穿一件团花蓝缎袍戴一顶面盆帽,靠着北海漪澜堂一类的栏杆心平气和的对一个脸上不擦白粉的司马懿谈天。为什么不成?这回我在柏林见一次新衣装的茶花女奥配拉,唱还是照旧,姿势也还是照旧,说老实话,有点看不惯,就比如梅兰芳唱时装新戏,拿着一块丝巾左牵右牵的唱二簧慢板,其实有点看不惯。狠可惜我们看不到伦敦的新汉姆雷德,听说他们还要继续试验别的旧戏,撇开了不自然的戏台惯习,用自然的演法来发明剧本里变不掉的精彩。至少是有趣并且有意味的尝试,我敢说。

临了话还得说回来。我开篇第一句话是"一个自命时新甚至激进的人多的是发见他骨子里其实守旧甚至顽固的时候"。我们如其想望我们的心灵永远能像一张紧张的弦琴,挂在松林里跟着风声发出高下疾徐的乐音,我们至少消极方面就得严防势利与自大与虚荣心的侵入。肚子里塞满茅草固然是不舒服,心坎化生了硬石头也不见得一定是卫生。留学生的消化力本来就衰弱,因为不是一时间吃得太多就是吃得太快。胃病是怪难受的。

载北京《晨报副刊》1925 年 10 月 26 日

话匣子(三)

——新贵殃

本校毕业生○○○在美留学致函校长陈述在校考得硕士情形照录如下：

敬禀者近疏音敬抱罪万分恭维　道履迪吉为颂靡涯生于六月十五日在叙拉库大学考得硕士，口试笔试，均已及格，笔试七次，共题六十个，口试三小时，计有委员七人询问，生之论文题为 The Development of Taxation,with Special Reference to China，共做二百页，已印成一书，经各教员认为于学术上颇有价值之贡献，将生举入经济荣誉会，Ch Eta Sigma.Fraternity·(Honorary Society)，按此会之入会资格颇严，此次在数千人中，选出六人，其中三人，系大学教授，生幸得参与其间，据闻华人之得入此会者，以生为第一人，近来美国各大学对于华生日渐严厉，将北大列为第三等大学(因英文不佳故)，凡毕业生至美，须三年方考得硕士，有该校毕业生，抵此三年，尚未考得，吾校在华，虽不如北大之负盛名，但生在此已于一年内考得硕士，各课分数，均在八十六分以上，平均约九十分，故已认法大为中国之头等大学，较北大高出二级，以后毕业生来此，可于一年内考得硕士，但须将英文程度提高，以免生为法大创设之地位，为之破坏，按生之于一年内得硕士，确为破天荒之成绩，于法大校誉，大有裨益耳，现拟于秋间入哈佛大学，考博士，大约二年后方能回国，附呈小影。祈哂存。敬请

　　道安

生○○○谨上　六月二十日

1

　　我得先请问你，聪明的读者，你看了这封信有什么感想？你如其自己是留学生，而且是美国的，那你不会感觉什么新奇，因为信里讲的情形多少是你自己的经验，即使你不曾对你母校通过这样恭敬的信。假如你是没有去过外洋的，并且你的思想不是拐弯一类的，这来你一定不胜惊奇，无限钦佩！什么，笔试七次！题目六十个！口试三小时！二百页的论文！经济荣誉会！美国的大学堂多威风呀！考得硕士；平均九十分；一年内得硕士，破天荒之成绩——多可赞叹，多可羡慕，多可崇拜的替我们光宗耀祖的伟大不可一世的大留学生呀！

2

　　一大队的蚱蜢，草灰色的，浅藤黄的，竹叶青的，蹲在太平洋的这一岸，昂着斜方形的脑袋，亮着细小的眼珠，支着雄伟的大腿，——一，二，三！长细毛的小脚一捺，腿弯儿一耸，小身子就上了天去，再落下来的时候，太平洋已经掉在后背：蚱蜢先生们从此在新大陆上优游了。

看，朋友，近年来太平洋的那一边老是有乌云似的东西飞度过来，都是些个什么呀？什么？蝗虫！吃现成庄稼替人间造灾殃的伟大的蝗虫！

蚱蜢先生们变了大蝗虫飞回来了。

3

门口蹲着大石狮子竖着大旗杆的各部衙门里。溜光的发亮的跳舞厅的地板上。伟大的各式会议的议席上。安着特制大法螺的各大学的大讲台上。锋头。成功。得意。升官。发财。硕士。博士。破天荒之成绩。

载北京《晨报副刊》1926 年 1 月 23 日

徐志摩漫话世情

青 年 运 动

我这几天是一个活现的 Don Quixote，虽则前胸不曾装起护心镜，头顶不曾插上雉鸡毛，我的一顶阔边的"面盆帽"，与一根漆黑铄亮的手棍，乡下人看了已经觉得新奇可笑；我也有我的 Sancho Panza，他是一个角色，会憨笑，会说疯话，会赌咒，会爬树，会爬绝壁，会背《大学》，会骑牛，每回一到了乡下或山上，他就卖弄他的可惊的学问，他什么树都认识，什么草都有名儿，种稻种豆，养蚕栽桑，更不用说，他全知道，一讲着就乐，一乐就开讲，一开讲就像他们田里的瓜蔓，又细又长又曲折又绵延(他姓陆名字叫炳生或是丙申，但是人家都叫他鲁滨孙)；这几天我到四乡去冒险，前面是我，后面就是他，我折了花枝，采了红叶，或是检了石块(我们山上有浮石，掷在水里会浮的石块，你说奇不奇!)就让他抗着，问路是他的份儿，他叫一声大叔，乡下人谁都愿意与他答话；轰狗也是他的份儿，到乡下去最怕是狗，他们全是不躲懒的保卫团，一见穿大褂子的他们就起疑心，迎着你嗥还算是文明的盘问，顶英雄的满不开口望着你的身上直攻，那才麻烦，但是他有办法，他会念降狗咒，据他说一念狗子就丧胆，事实上并不见得灵验，或许狗子有秘密的破法也说不定，所以每回见了劲敌，他也免不了慌忙。他的长处就在与狗子对嗥，或是对骂，居然有的是王郎种，有时他骂上了劲，狗子到软化了，但是我总不成，望见了狗影子就心虚，我是淝水战后的苻坚，稻草媵儿，竹篱笆，就够我的恐慌。有时我也学 Don Quixote 那劲儿，舞起我手里的梨花棒，喝一声孽畜好大胆，看棒！果然有几处大难让我顶潇洒的蒙过了。

我相信我们平常的脸子都是太像骡子——拉得太长；忧愁，想望，计算，猜忌，怨恨，懊怅，怕惧，都像魔魔似的压在我们原来活泼自然的心灵上，我们在人丛中的笑脸大半是装的，笑响大半是空的，这真是何苦来。所以每回我们脱离了烦恼打底的生活，接近了自然，对着那宽阔的天空，活动的流水，我们就觉得轻松得多，舒服得多。每回我见路旁的息凉亭中，挑重担的乡下人，放下他的担子，坐在石凳上，从腰包里掏出火刀火石来，打出几簇火星，点旺一杆老烟，绿田里豆苗香的风一阵阵的吹过来，吹散他的烟氛，也吹燥了他眉额间的汗渍；我就感想到大自然调剂人生的影响：我自己就不知道曾经有多少自杀类的思想，消灭在青天里，白云间，或是像挑担人的热汗，都让凉风吹散了。这是大家都承认的，但实际没有这样容易。即使你有机会在息凉亭子里抽一杆潮烟，你抽完了烟，重担子还是要挑的，前面谁也不知道还有多少路，谁也不知道还有没有现成的息凉亭子，也许走不到第二个凉亭，你的精力已经到了止境，同时担子的重量是刻刻加增的，你那时再懊悔你当初不应该尝试这样压得死人的一个负担，也就太迟了！

我这一时在乡下，时常揣摩农民的生活，他们表面看来虽则是继续的劳瘁，但内里却有一种涵蓄的乐趣，生活是原始的，朴素的，但这原始性就是他们的健康，朴素是他们幸福的保障，现代所谓文明人的文明与他们隔着一个不相传达的气圈，我们的争竞，烦恼，问题，消耗，等等,他们梦里也不曾做着过;我们的堕落,隐疾,罪恶,危险,等等,他们听了也是不了解的,像是听一个外国人的谈话。上帝保佑世上再没有懵懂的呆子想去改良、救渡、教育他们,那是间接的摧残他们的平安,扰乱他们的平衡,抑塞他们的生机!

需要改良与教育与救渡的是我们过分文明的文明人,不是他们。需要急救,也需要根本调理的是我们的文明,二十世纪的文明,不是洪荒太古的风俗,人生从没有受过现代这样普遍的咒诅,从不曾经历过现代这样荒凉的恐怖,从不曾尝味过现代这样恶毒的痛苦,从不曾发现过现代这样的厌世与怀疑。这是一个重候,医生说的。

人生真是变了一个压得死人的负担,习惯与良心冲突,责任与个性冲突,教育与本能冲突,肉体与灵魂冲突,现实与理想冲突,此外社会政治宗教道德买卖外交都只是混沌,更不必说。这分明不是一块青天,一阵凉风,一流清水,或是几片白云的影响所能治疗与调剂的;更不是宗教式的训道、教育式的讲演、政治式的宣传所能补救与济渡的。我们在这促狭的芜秽的狴犴中,也许有时望得见一两丝的阳光,或是像拜轮在 Chillon 那首诗里描写的,听着清新的鸟歌;但这是嘲讽,不是慰安,是丹得拉士(Tantalus)的苦痛,不是上帝的恩宠;人生不一定是苦恼的地狱。我们的是例外的例外。在葡萄丛中高歌欢舞的一种提昂尼辛的颠狂(Dionysian madness),已经在时间的灰烬里埋着,真生命活泼的血液的循环,已经被文明的毒质瘀住,我们仿佛是孤儿在黑夜的森林里呼号生身的爹娘,光明与安慰都没有丝毫的踪迹。所以我们要求的——如其我们还有胆气来要求——决不是部分的,片面的补苴,决不是消极的慰藉,决不是恇夫的改革,决不是傀儡的把戏……我们要求的是,"澈底的来过";我们要为我们新的洁净的灵魂造一个新的洁净的躯体,要为我们新的洁净的躯体造一个新的洁净的灵魂;我们也要为这新的洁净的灵魂与肉体造一个新的洁净的生活——我们要求一个"完全的再生"。

我们不承认已成的一切,不承认一切的现实;不承认现有的社会,政治,法律,家庭,宗教,娱乐,教育;不承认一切的主权与势力。我们要一切都重新来过:不是在书桌上整理国故,或是在空枵的理论上重估价值,我们是要在生活上实行重新来过,我们是要回到自然的胎宫里去重新吸收一番资养。但我们说不承认已成的一切是不受一切的束缚的意思,并不是与现实宣战,那是最不经济也太琐碎的办法;我们相信无限的青天与广大的山林尽有我们青年男女翱翔自在的地域;我们不是要求篡取已成的世界,那是我们认为不可医治的。我们也不是想来试验新村或新社会,预备感化或是替旧社会做改良标本,那是十九世纪的迂儒的梦乡,我们也不打算进去空费时间的;并且那是训练童子军的性质,牺牲了多数人供一个人的幻想的试验的。我们的如其是一个运动,这决不是为青年的运动,而是青年自动的运动,青年自己的运动,只是一个自寻救渡的运动。

你说什么,朋友,这就是怪诞的幻想,荒谬的梦不是?不错,这也许是现代青年反抗物质文明的理想,而且我敢说多数的青年在理论上多表同情的;但是不忙,朋友,现有一个实例,我要乘便说给你听听,——如其你有耐心。

十一年前一个冬天在德国汉奴佛(Hanover)相近一个地方,叫做Cassel,有二千多人开了一个大会,讨论他们运动的宗旨与对社会、政治、宗教问题的态度,自从那次大会以后这运动的势力逐渐张大,现在已经有一百多万的青年男女加入——这就叫做 Jugendbewegung"青年

129

运动"，虽则德国以外很少人明白他们的性质。我想这不仅是德国人，也许是全欧洲的一个新生机，我们应得特别的注意。"西方文明的堕落只有一法可以挽救，就在继起的时代产生新的精神的与生命的势力。"这是福士德博士说的话，他是这青年运动里的一个领袖，他著一本书叫做Jugendseele，专论这运动的。

现在德国乡间常有一大群的少年男子与女子，排着队伍，弹着六弦琵琶唱歌，他们从这一镇游行到那一镇，晚上就唱歌跳舞来交换他们的住宿，他们就是青年运动的游行队，外国人见了只当是童子军性质的组织，或是一种新式的吉婆西(Gipsy)，但这是仅见外表的话。

德国的青年运动是健康的年轻男女反抗现代的堕落与物质主义的革命运动，初起只是反抗家庭与学校的专权，但以后取得更哲理的涵义，更扩大反叛的范围，简直决破了一切人为的制限，要赤裸裸的造成一种新生活。最初发起的是加尔菲喧(Karl Fischer of Steglitz)，但不久便野火似的烧了开去，现在单是杂志已有十多种，最初出的叫作Wandervogel。

这运动最主要的意义，是要青年人在生命里寻得一个精神的中心(the spiritual center of life)，一九一三年大会的铭语是"救渡在于自己教育"(Salvation Lies in Self—Education)，"让我们重新做人。让我们脱离狭窄的腐败的政治组织，让我们抛弃近代科学家们的物质主义的小径，让我们抛弃无灵魂的知识钻研。让我们重新做活着的男子与女子"。他们并没有改良什么的方案，他们禁止一切有具体目的的运动；他们代表一种新发现的思路，他们旨意在于规复人生原有的精神的价直。"我们的大旨是在离却堕落的文明，回向自然的单纯；离却一切的外骛，回向内心的自由；离却空虚的娱乐，回向真纯的欢欣；离却自私主义,回向友爱的精神;离却一切懈弛的行为,回向郑重的自我的实现。我们寻求我们灵魂的安顿,要不愧于上帝,不愧于己,不愧于人,不愧于自然。""我们即使存心救世,我们也得自己重新做人。"

　　这运动最显著亦最可惊的结果是确实的产生了真的新青年,在人群中狠容易指出,他们显示一种生存的欢欣,自然的热心,爱自然与朴素,爱田野生活。他们不饮酒(德国人原来差不多没有不饮酒的),不吸烟,不沾城市的恶习。他们的娱乐是弹着琵琶或是拉着梵和玲唱歌,踏步游行跳舞或集会讨论宗教与哲理问题。跳舞最是他们的特色。往往有大群的游行队,徒步游历全省,到处歌舞,有时也邀本地人参加同乐——他们复活了可赞美的提昂尼辛的精神!

　　这样伟大的运动不能不说是这黑魆魆的世界里的一泻清辉,不能不说是现代苟且的厌世的生活(你们不曾到过柏林与维也纳的不易想像)一个庄严的警告,不能不说是旧式社会已经蛀烂的根上重新爆出来的新生机,新萌芽;不能不说是全人类理想的青年的一个安慰,一个兴奋,为他们开辟了一条新鲜的愉快的路径;不能不说是一个新的洁净的人生观的产生。我们要知道在德国有几十万的青年男女,原来似乎命定做机械性的社会的终身奴隶,现在却做了大自然的宠儿,在宽广的天地间感觉新鲜的生命的跳动,原来只是屈伏在蠢拙的家庭与教育的桎梏下,现在却从自然与生活本体接受直接的灵感,像小鹿似的活泼,野鸟似的欢欣,自然的教训是洁净与朴素与率真,这正是近代文明最缺乏的原素。他们不仅开发了各个人的个性,他们也规复了德意志民族的古风,在他们的歌曲、舞蹈、游戏、故事与礼貌中,在青年们的性灵中,古德意志的优美,自然的精神又取得了真纯的解释与标准。所以城市生活的堕落,淫纵,耗费,奢侈,饰伪,以及危险与恐怖,不论他

131

們傳染性怎樣的劇烈，再也沾不着潔淨的青年，道德家與宗教家的教訓只是消極的強勉的，他們的覺悟是自動的，自然的，根本的，這運動也產生了一種真純的友愛的情誼在年輕的男子與女子間；一種新來的大同的情感，不是原因於主義的激剌或黨規的強迫；而是健康的生活裏自然流露的乳酪，潔淨是他們的生活的纖維，愉快是營養。

我這一點感想寫完了，從我自己的野遊蔓延到德國的青年運動，我想我再沒有加案語的必要，我只要重復一句濫語——民族的希望就在自覺的青年。

正月二十四

載北京《晨報副刊》1925 年 3 月 13 日

至凌叔华(片断)^①

今天下午我成心赖学,说头疼(是有一点)没去,可不要告诉我的上司,他知道了请我吃白眼,不是顽儿的。……真是活该报应,刚从学生那里括下一点时光来,正想从从容容写点什么,又教两个不相干的客人来打断了,来人也真不知趣,一坐下就生根,随你打哈欠伸懒腰表示态度,他们还你一个满不得知! 这一来就化了我三个钟头! 我眼瞟着我刚开端的东西,要说的话尽管在心坎里小鹿似的撞着,这真是说不出的苦呢。他们听说这石虎胡同七号是出名的凶宅,就替我著急,直问我怕不怕,我的幽默来了,我说不一定,白天碰着的人太可怕了,小可胆子也吓出了头,见鬼就不算回事了! ×,你说你生成不配做大屋子的小姐,听着人事就想掩耳朵,风声,鸟闹(也许疯话)倒反而合式:这也是一种说不出口的苦恼。我们长在外作客的,有时也想家,(小孩就想妈妈的臂膀做软枕……) 但等到回了家,要我说老实话时,我就想告假——那世界与我们的太没有亲属关系了。就说我顶亲爱的妈罢,她说话就是画圆圈儿,开头归根怨爸爸这般高,那般矮,再来就是本家长

---

①这是 1924 年写给凌叔华的信。凌叔华后将其发表时书标题为"志摩遗札之一"。

别家短，回头又是爸爸——妈妈的话，你当然不能不耐心听，并且有时也真有意味的见解，我妈她的比喻与"古老话"就不少，有时顶鲜艳的；但你的心里总是私下盼望她那谈天的(该作谈"人")的轮廓稍为放宽一些。这还是消极一方面：你自己想开口说你自己的话时那才真苦痛；在她们听来你的全是外国话，不直叫你疯还是替你留点子哪！真是奇怪，结果你本来的话匣子也就发潮不灵了。所以比如去年这个时候，我在家里被他们硬拉住了不放走，我只得恳请到山脚下鬼窝庐里单独过日子去。那一个来月，倒是顶有出息，自己也还享受，看羊吃草，看狗打架，看雨天雾濛里的塔影，坐在"仙人石"上看月亮，到庙前听夜鸦与夜僧合奏的妙乐，再不然就去戏台里下寄宿的要饭大仙谈天——什么都是有趣，只要不接近人，尤其是体面的。说起这一时山庐山才真美哪，满山的红叶，白云，外加雪景，冰冷的明星夜，(那真激人，)各种的鸟声，也许还有福分听着野朋友的吼声……□我想着了真神往，至少我小部分的灵魂还留在五老峰下，栖贤桥边(我的当然纯粹是自然的，不是浪漫的春恋)。那边靠近三叠涧，有一家寒碧楼是一个贵同乡，我忘了谁的藏书处，有相当不俗的客时，主人也许下榻。假如我们能到那边去过几时生话——只要多带诗笺画纸清茶香烟(对不住，这是一样的必需品)，丢开整个的红尘不管不问，岂不是神仙都不免要妒羡！今年的夏天过的不十分如意，一半是为了金瓜，他那哭哭啼啼的，你也不好意思不怜着点儿不是？但这一怜你就得管，一管，你自个儿就毁。我可不抱怨，那种的韵事也是难得的。不过那终究是你朋友的事，就我自己说，我还不大对得住庐山，我还得重去还愿，但这是要肩背上长翅膀的才敢说大话，×，您背上有翅膀没有：有就成，要是没，还得耐一下东短西长！说也怪，我的话匣子，对你是开定的了，管您有兴致听没有，我从没有说话象对你这样流利,我不信口才会长进这么快,这准是×教给我的,多谢你。我给旁人信也会写得顶长的,但总不自然,笔下不顺,心里也不自由,不是怕形容词太粗,就提防那话引人多心,这一来说话或写信就不是纯粹的快乐。对你不同,我不怕你,因为你懂得,你懂得因为你目力能穿过字面,这一来我的舌头就享受了真的解放,我有着那一点点小机灵就从心坎里一直灌进血脉,从肺管输到指尖,从指尖到笔尖,滴在白纸上就是黑字,顶自然,也顶自由,这真是幸福。写家信就最难,比写考卷还不易,你提着笔(隔几时总得写)真不知写什么好——除了问妈病或是问爸要钱! ……

载《武汉日报·现代文艺》第 15 期(1935 年 5 月 24 日)

徐志摩漫话世情

至 胡 适[①]

适之：

　　生命薄弱的时候，一封信都不易产出，愈是知心的朋友，信愈不易写。你走后，我那一天不想着你，何尝不愿意像慰慈那样勤写信，但是每回一提笔就觉着一种枯窘，生命、思想，那样都没有波动。在硖石的一个月，不错，总算享到了清闲寂静的幸福。但不幸这福气又是不久长的，小曼旧病又发作，还得扶病逃难，到上海来过最不健康的栈房生活，转眼已是二十天，曼还是不见好。方才去你的同乡王仲奇处看了病，他的医道却还有些把握，但曼的身体根本是神经衰弱，本原太亏，非有适当地方有长期间的静养是不得见效的，碰巧这世乱荒荒，那还有清静的地方容你去安住，这是我最大的一件心事。你信上说起见恩厚之夫妇，或许有办法把我们弄到国外去的话，简直叫我惝怳了这两天！我那一天不想往外国跑，翡冷翠与康桥最惹我的相思，但事实上的可能性小到我梦都不敢重做。朋友里如彭春最赞成我们俩出去一次，老梁也劝我们去，只是叫我们那里去找机会？中国本来是无可恋，近来

---

①这是 1927 年 1 月 7 日写给胡适的信。

更不是世界,我又是绝对无意于名利的,所要的只是"草青人远,一流冷涧"。这扰攘日子,说实话,我其实难过。你的新来的兴奋,我也未尝不曾感到过,但你我虽则兄弟们的交好,襟怀性情地位的不同处,正大着;另一句话说,你在社会上是负定了一种使命的,你不能不斗到底,你不能不向前迈步,尤其是这次回来,你愈不能不危险地过日子,我至少决不用消极的话来挫折你的勇气。但我自己却另是一回事,早几年我也不免有一点年轻人的夸大,但现在我看清楚些了,才,学,力,我是没有一样过人的,事业的世界我早已决心谢绝,我唯一的希望是能得到一种生活的状态,可以容我集中我有限的力量,在文字上做一点工作。好在小曼也不慕任何的浮荣,她也只要我清闲渡日,始终一个读书人。我怎么能不感谢上苍,假如我能达到我的志愿!

留在中国的话,第一种逼迫就是生活问题。我决不能长此厚颜倚赖我的父母。就为这经济不能独立,我们新近受了不少的闷气。转眼又到阴历年了,我到那里好?干什么好?曼是想回北京,她最舍不得她娘,但在北京教书是没有钱的,"晨副"我又不愿重去接手(你一定懂得我意思),生活费省是省,每月二百元总得有不是?另寻不相干的差事我又是不来的,所以回北京难。留在上海也不妥当,第一我不欢喜这地方,第二急切也没有合我脾胃的事情做。最好当然是在家乡耽着,家里新房子住得顶舒服的,又可以承欢膝下,但我又怕我父母不能相谅,只当我是没出息,这老大还得靠着家,其实只要他们能懂得我,我到十分愿意暂时在家里休养,也着实可以读书做工,且过几时等时局安靖些再想法活动。目下闷处在上海,无聊到不可言状,曼又早晚常病,连个可与谈的朋友都难得有(吴德生做了推事,忙极了的),碪石一时又回不去,你看多糟!你能早些回来,我们能早日相见,固然是好,但看时局如

137

此凌乱,你好容易呼吸了些海外的新鲜空气,又得回向溷浊里,急切要求心地上的痛快怕是难的。

我们几个朋友的情形你大概知道,在君仍在医院里,他太太病颇不轻,acute headache, 他辞职看来已有决心, 你骂他的信或许有点影响。君劢已经辞去政治大学,听说南方有委杏佛与经农经营江苏教育事业的话,看来颇近情。老傅已受中山大学聘,现在山东,即日回来。但前日达夫来说广大亦已欠薪不少,老傅去,一半为钱,那又何必。通伯、叔华安居乐业,梦麟在上海,文伯在汉口,百里潦倒在沪,最可怜。小曼说短信没有意思,长信没力气写,爽信不写,她想你带回些东西来给她,皮包、袜子之类。你的相片瘦了,倒像一个鲍雪微几!

隔天再谈,一切保重。

志摩　小曼同候　十六年一月七日

载中华书局《胡适往来书信选》上册(1979 年 5 月)

高尔基记契诃甫①

俄国人爱充；充时髦的"欧洲人"，满口流着漂亮话，上了油的，镀了金的，外加种种的花样，掩饰他的本相，意思是要人家把他"看大"一点。他就比是非洲的土人，身上涂着发亮的油膏，脖子里腰里手腕脚胫上满挂着杂色的贝壳与怪形的鱼齿。契诃甫就不喜欢这鱼齿；自己是最本色最真纯的人，他看不惯，不能容许，同时也怜悯这类不快活的人们，他们甘心涂抹原来清白的本相，为要博一种浅薄的虚荣的快意，他看了他们不自然的累赘总想解脱他们的苦恼，从他们的面具里面发见他们天然的面目，从他们的扮相里开放他们有生命的灵性。他自己是一辈子凭着他自己的性灵过活的；他永远是他自己，内心永远是自由的，他从不顾虑旁人对他任何的期望。他从不喜欢在"高深"的问题上谈话，正反对一般俄国人的脾胃，在他们唯一的安慰是驾空在云端里说不着边际的废话，而且从来不自省这是一种可笑的姿势，尽自讨论他们未来的天鹅绒的衣料，却忘了他们现在连一身像样的裤子都还没有得着。

---

① 翻译高尔基(Maksim Gorky)作品；契诃甫(Anton Chekhov)，今译契诃夫。

契诃甫有一种特别的力量,他能使自己的真感化旁人;真的是,在他的跟前你就会不自觉的变成本色,真实,回复你自己。

有一次,我记得,三个穿着极华丽的女人来会他;她们拿她们绸衣的窸窣与香水的烈味充满了他的屋子;她们四四方方的在她们的主人面前坐了下去,装作她们对于政治的兴味,开始"问问题"了:

"安当派夫洛维奇(契诃甫名),你的意见是怎么样?这次战争的结果你看是……"

安当派夫洛维奇咳嗽了一阵子,想了一忽儿,然后缓缓的,声音又慎重又和善的,回答:

"大概是和平。"

"那,本来是的……当然咾。但是那一边胜呢?希腊人还是土耳其人?"

"我看来得胜的是强的一边。"

"那么谁,照你看,是强的呢?"三位女客们同时发问。

"比较有饭吃受教育的一边。"

"阿,这话说得多巧妙。"内中一个叫着。

"那末你喜欢谁呢?"另一个问。

安当派夫洛维奇和善的看着她,微的笑着回着:

"我喜欢蜜饯果子,……你们不喜欢吗?"

"很喜欢。"她欣欣的叫着。

"尤其是阿勃列考索夫那一家的。"第二个结结实实的同意。

那第三位,半眯着眼,辨着滋味似的说:

"那味儿闻着才好哪。"

这来三位的谈话全有了生气,她们对于蜜饯糖果有的是深的学问与精的口味。这看得很分明她们原来就不打算讲什么希腊人与土耳其人的,只为要对于重大问题表示兴趣才勉强来敷衍的,这一放松她们就快活。

走的时候,她们欣欣的答应安当派夫洛维奇:

"我们就送蜜饯果子给你。"

"你的手段不坏。"她们走了以后我说。

安当派夫洛维奇发笑了,他静静的说:

"谁都得说他自己的话。"

他恨琐碎,恨"小"。逢着有机会,他就用极巧妙的办法点破,他再也不放过。他对人生是有相当责成的,他要人们一个个望质朴的美的调谐的方向走。他不能容忍"小"。

有一次有人对他讲起一个时行的某杂志的编辑,他口上总是讲爱讲慈悲,但实际上他随便侮辱人,对他的下属是十二分的傲慢。

"是的。"契诃甫带着愁容微笑说,"但他不是一个贵族吗,不是一个受教育的绅士吗?他在大学院念过书。他的父亲穿顶好的皮鞋,他自己穿的是漆皮靴子。"

就冲他这么一说,在他的语气里那位贵族先生就变成了细小而且可笑了。

"他是个有天分的人。"他有一次说一个新闻家。"他写的总是那高尚的,人道的,……柠檬水的。当着人骂他的太太蠢才,……他家里的下房的潮湿的,下女们常常得风湿病。"

"你不喜欢某某人吗,安当派夫洛维奇?"

"喔,我很——喜欢。他是个顶有趣的人,"安当同意说,咳嗽着。

"他什么都知道……书念不少，……他借了我三本书没有还……他是健忘的。今天他可以对你说你是怎么怎么好，明天他可以对人说你欺骗你的听差，你偷你情人的丈夫的丝袜子——黑的有蓝条子的。"

有人说起月报的"重要"文章总是那又笨重又厌烦的。

"你本来就不必看，"安当说。"它们是朋友间的文学——为朋友们写的。红先生黑先生白先生是写文章的人。一个写了；第二个驳了；第三个来折中。这就比是打带哑位的威斯脱。他们谁也不问问这在读者有什么好处。"

有一次一个肥的好身体的美美的打扮得齐整的女人到他那里去，一开头就学"契诃甫派"说话：——

"做人真腻烦，安当派夫洛维奇。什么事情都是这灰沈沈的：见着的人，海水，甚至于鲜花，在我看来都是这灰沉沉的……兼之我又没有欲望，……我的灵魂是在痛苦中……仿佛有病似的。"

"不错是病，"安当派夫洛维奇郑重的说，"这是一种病；拉丁话叫做 Morbns Frandulentus。"

幸亏这位似乎不懂拉丁文的，要不然她就是假装不懂得。

"批评家就比是马苍蝇，它们害得马不能安稳的工作，"他说，笑着他的智慧的笑。"马做他的工，浑身的筋肉拉得紧紧的像是提琴上的丝线，好了，来了一个苍蝇，在他的肚子上叮住了，嗡嗡的，痒着他……他就得扭着他的皮，甩着他的尾巴。那苍蝇嗡的嗡的它嗡什么来了？它自己也不见得知道；就为它自己无聊，想来借此宣言：'阿你们看，我在这地面上也有我的地位。瞧，我又会嗡，什么事情都会嗡它一下。'我念了这二十年对我小说的批评，可是我一句相干的话都记不起来，一点帮助都没有。就有一次司喀卑骞夫斯奇写的有一句话给了我一个印象……他说我将来一定醉死在一个泥沟里。"

有一次他邀我到 K 村去，在那里他有一小块地，一所白的楼房。他领我去看他的"产业"的时候，他开始他的谈话，顶起劲的："我要是有多多的钱，我要替这里村庄上有病的教师们盖一所疗养病院。得盖宽敞的光亮充足的屋子，你知道——顶亮的，有大窗户，高高的房间。我还得给设备一个好好的图书室，各种乐器，养蜂房，一个菜园，一个果子园……还得请人来讲演，讲农林学，气象学……教师们什么都得知道——什么都得知道，朋友。"

他忽然间不作声了，咳了一阵，从他的眼角边瞅着我，微微笑着他那温柔可爱的笑，就他那笑叫你觉出他的可亲，叫你用心的听他的话。

"你不厌烦听我的幻想吗？我就爱随便讲。……你要是知道我们俄国乡村里多么需要一个好脾气有趣味明白事理的教师！我们应分特别优待我们的教师，这事情早一天做到好一天，我们得知道教育不推广俄国是没办法的，像用焙得不坚实的砖瓦造起的屋子，迟早得倒坍。一个教师应分是一个美术家，对他的职业真得有兴趣；但我们的教师只是一个工人，自己教育不完全，到村庄里去教小孩子们倒像是去充军似的，他是饿瘪了的，压倒了的，恐慌他的饭碗保不周全。但是他应分是庄子里的第一个人；农夫们应分看出他身分的威严，值得注意值得尊敬的；没有人可以对他随便叫喊甚至实际委屈他，像我们现在似的——村里的巡官，有钱的掌柜，牧师，乡里的警察长，学校管理人，议员，还有那个官叫什么视学员可是他满不管教育的好坏他知道的只是奉行长官的命令。……随便化上几个子儿请人来担任人民的教育这不是荒谬？结果他

143

衣服也穿不周全,破破烂烂的,在又潮又透风的屋子里发着抖教书,着凉,不到三十岁就闹喉炎,温疯,要不然就是肺病——这是什么情形。我们自己该觉得难为情。我们的教师,一年总有八九个月得过他出家人似的生活:他没有跟他谈话的人,没有同伴,没有书,没有娱乐,他当然一天呆似一天,要是他邀他的同事去看他,他就有"政治犯"的嫌疑——就这话狡猾的就拿来恐吓傻子。这情形全叫人恶心;这不是太挖苦做先生的意义,他的还不是顶大顶重要的工作。……你知道,每回我见着一个教师,我就替他觉得寒伧,看他那萎瘪的样子,穿衣服又是那褴褛……看他那穷相我就觉我自己也负责任——我真是这么想。

他又静了,想着:一回儿他摇了摇手,轻轻的说:"我们这俄国真是多可笑多壅肿的一个国。"

一瞥发愁的影子盖住了他的好看的眼睛:眼边儿上起了细的绉纹。使他的神气看得更深沈了。过了一歇,向四周望望,他说笑的说:"你瞧,我这不是对你开了一篇整整的激进报纸上的讨论。来吧,我请你吃茶,酬报你的耐心。"

他常常是这样的,一说开头就异常的认真,又热心又真切的,随后又突如其来的一煞,自己打自己的哈哈。在他沾愁的软和的微笑里你觉出那人的深刻的怀疑观,他知道的是话与梦的价值;还有在那微笑里也闪荡着一种可亲的谦和,和精细的灵性。

我们在静默中缓缓的走回屋子去。那天正热,天上顶清的:一边下去听得一只狗叫,顶快活似的。契诃甫挽住我的手臂,咳嗽着,慢慢的说:"说来是可耻又可愁的,但是真有的情形:世人不少艳羡做狗的人。"

接着他又笑了,他说:"今天我只能说软话……意思是我见天的老了。"

我常听他说："你知道，一个教师刚才来了……他病了，成了家的……你有法子帮他忙不？我替他暂时已经设法。"或是："你听，高尔基，这里有一个教师他想会你。他病着不能出门。你愿意来看看他不？来吧。"或是："我说，这里女教师们要书用哩。"

有时我碰到了他那"教师"了，在他家里；他往往坐在他椅子的边沿上，明知他自己发窘脸红红的，捏着一把汗在找在挑他说的话，想说得顺顺的，"有教育"的，否则就装作那坦然的样儿。掩饰他病态的拘窘，他努力想在一个作家的面前不丢脸，结果他拿冰雹似的一大群问话向着契诃甫直丢，实际那些问话全是临时窘出来的。

契诃甫总是悉心的倾听那乏味的不连贯的谈话；有时他的占愁的眼里露出一点笑容，有时他头上透出一条小绉纹，听完了他再回话，用他那柔和的没光亮的声音，他话是简单，清楚，不加点缀，就他这一说就叫问话的人撤消了机心；那教师就不再成心想装聪明，这来他倒变成真的又聪明又有趣味了……

我记得一个教师，高高的一个瘦子，黄黄的一张饿脸，一根长鼻子拐弯儿的，阴沈沈的向着下巴放钩。他坐在契诃甫的对面，张大他那黑眼珠凑着契诃甫的脸呆呆的直瞅，嗓子是沾哭声的低音——

"从教书期间内得到的这类关于生存的感想发生了一种心灵上的淤积压倒了对外界宇宙一个客观的态度的任何的可能。当然，这宇宙本身没有东西它无非是我们心理上的……"

这来他就望玄学直冲，在它的浮面上直晃像一个醉鬼在溜冰似的。

"请你对我说，"契诃甫缓缓的和气的答话，"你们那地面那一个教师说是打他的学生的？"

145

教师从他的坐椅上直跳起来,愤愤的摆动着他的手臂:"你说是谁啊?我?没有的事。打?"

他愤愤的鼻子里直喷气。

"不要着急,"契诃甫接着说,笑着叫他放心;"我不是说你。但是我记得——我在报上看的——你们那地面是有一个打学生的。"

教师坐了下去,揩着他出汗的脸,喘了一口放心的气低音的说:

"对的。是有过那回事。是马格劳夫。你知道,那也并不奇怪。是凶,但也有理讲。他是有妻子的……有四个孩子……自己肺病……他的妻子也病……他的薪水是二十个卢布,教堂像是一个地窖,先生就有一间小屋子——在这种情形下做苦工,就是上帝的安琪儿你都会凭空拿来,打一顿出气……何况那群孩子——他们离安琪儿差得远着哪,你信我的话。"

这一来方来不容情的倒空他的字库来敷衍契诃甫的他,忽然间预兆似的摇着他那根弯鼻子,转了向说话,这回是简单,有分寸,清楚的话,像火亮似的,照出了俄国乡村生活骇人的实在情况。

他临走的时候,他抓着契诃甫这又小又干的手上的单薄的手指,一头摇着一头说:

"我先时进来看你就比是见上司似的直害怕发抖……我把自己吹了出来像一个火鸡的尾巴……我意思要使你知道我不是一个平常人……可是现在我告别你正如一个好的密切朋友,什么都了解了。阿,了解才真是了不得的事情!多谢你!我今天来带了一个愉快的意思走;大人们是更简单,更可了解……在性灵上离着我们更近,比之社会上那群自以为了不得的……再会再会;我从此不忘记你。"他的鼻子摇着,他的嘴纠成一个好性格的微笑,他又决快的加一句:

"说实话，那群混蛋也实在不快活——也该他们受。"

契诃甫眼看他出走了，笑着说：

"他是个好人……他教师做不长的。"

"为什么？"

"他们一定挤他跑——鞭他走。"

他想了一晌，缓缓的说："在俄国地方老实人倒颇像扫烟囱的苦工，奶妈拿来吓呵孩子们的。"

在他灰色的眼睛里常常漾着一种讽刺的笑容，但有时它们的表情也变冷漠，尖锐，刻毒；同时他原来柔和，诚恳的声音也露了硬性，因此可见这位温温谦和的先生在必要的时候也会强烈的奋起来对付反抗的势力，并且还不是轻易就罢休的。

但有时，我想，在他对人的态度里不免有几分无望的感触，几乎是一种冷淡的放弃的绝望。

"一个俄国人是一个古怪的东西"，他有一次说。就比在一个筛箕里他有什么全都漏跑了。在年轻的时候他是贪吃嚼不烂，过了三十岁就完了，剩下的就只一堆灰沈沈垃圾似的废物，……你要像样的做人过活，你一定得工作——有爱心有信心的去工作。但是我们，我们做不到。一个建筑家，造过了一两所体面的屋子，就坐下来赌钱，赌了一辈子算完事，要不然他就在什么戏园子后台胡溜着。学医的一挂上牌子，也就完全放弃了科学的兴趣，除了医学杂志什么书也不看了，到了四十岁他认真的相信所有的病痛是起源于伤风感冒。我从没有碰见过一个文官懂得他自己的职务的意义：平常他就在省分的都会里坐着，准备了他的公事，往"石米府"或"司马宫"一送。他却不想想这来就会有人因之失去行动的自由——他再也不管那个正如一个无神主义者不

147

理会地狱里的刑罚，一个律师出了一次风头以后再也不管什么公道正义，他再来辨护的就只有产阶级的特权，在土耳其人身上投机赚钱，吃肥大的蛤蜊，充内行赏鉴古玩。一个唱戏的只要有三两次过得去的扮演，就忘了他的艺术，再也不下工夫研究，套上了一个丝帽子，自以为是一个天才。俄罗斯是一个贪得无厌外加懒惰的民族：他们就知道讲究吃，无限的扩充他们的肠胃，喝，白天里睡觉，睡着了打呼。他们讨亲是为要有人替看家，在外面养女人是为要保持他们在社会上的威信。他们的心理是一只狗的心理：挨了打，他们就光铃铃的直叫，到狗棚去躲着；有人拍，他们就拿背脊躺在地上，狗脚爪凌空舞着，狗尾巴直摇。"

苦痛与冷激的鄙夷，是在这番话里。但是，虽则鄙视，他却感着悲怜，要是你在他的跟前糟蹋了谁，安当潘夫洛维奇就立即替他辨护。

"你为什么这样说？他是一个老头子……他有七十岁了。"或是："可是他年纪还轻着哪……笨就是了。"

他说这类话的时候，我从不见他脸上有厌恶的神情。

一个人在年轻的时候，平庸琐屑一类事只看作好玩，不关紧要，但渐渐的它们会沾上了占住了他；透入他的心，他的血，像是中毒或是叫蒙药蒙了似的，这来他就变成了一块破旧的发锈的招牌：上面仿佛是画着一些东西似的，可是什么呢？——你怎么认也看不清。

安当派夫洛维奇在他初期的作品里，早就有力量在平庸琐碎的尘海中显示它的"悲惨的幽默"；你只要留神去念他的讽体类故事就可以知道，在那些滑稽的谈话与情景的后背，我们的作者曾经观察到多少恶毒与可厌的人事，只是他的动机是悲，并且痕迹是不露的。

他生性不爱夸张；他决不高声对人说，"唉，你得顾顾体面；"他私下却空期望着他们自己能觉悟到有顾顾体面的必要。什么平庸与卑鄙的事情，他全恨，他用一个诗人的高洁的文字，描写生活的丑态，他口上显着一个讽刺家柔软的微笑，在他的作品的美的风格的底里人们很少看出他内蕴着的意义——他的痛心的呵斥。

看书的公众，当他们念他的《阿尔皮昂的女儿》(Daughter of Albion)的时候，就知道乐却不看出那位吃得胖胖的土绅士对于那个不容于世的可怜人一番挖苦是多么可憎。在他每个讽趣类的故事里，我却听出一个纯洁的富有感情的心的叹息，沉默的，深刻的，一种无可奈何的同情的叹息，看了人们怎的不知道尊敬人的尊严，无抵抗的降服在任何势力的跟前，鱼一般的活着，没有一点子信心，除了每天得狂吞尽多浓厚的肉汤的必要，没有一点子感觉，除了害怕有谁凭强力去侵侮他们。

谁也没有契诃甫看得透切，这生活的庸烦的悲惨，在他以前从没有人曾经这样不含糊的披露给人们看这幅可怕可耻的生活画，在这中产社会日常生存的混沌中。

他的敌人是"平庸琐细"；他一辈子就斗着它；他嘲笑它，用一枝有锋芒的不留情的笔来描写它，就在表面看来安排得极体面舒服甚至漂亮的事情里，他也给找出"平庸琐细"的微菌——他也遭受了他的敌人的报复，一种恶毒的作弄，他们拿他的尸身，一个诗人的尸身，给放在火车的铁轨上，意思是"利便蛤蜊的转运"。

那肮脏的发绿色的火车道在我看来正是象征这恶浊世界战胜了它那倦废的敌人以后的丑笑，大声的胜利的笑；所有阴沟性的书报上所载的"追念"都是饰伪的悲愁，在这背后我觉出"庸俗琐小"的冷的有臭气的呼吸，实际上正欣幸着它的敌人的身死。

徐志摩漫话世情

看安当契诃甫的小说，你觉得仿佛是对着一个忧郁的深秋天，空气是清亮的，光干的树逼仄的屋和灰色的人的轮廓是不含糊的。一切都看得怪相，凄凉，没有生气，无望。蓝的空的地平化入苍白的天，它的呼吸吹上一片冻泥的地面只是可怕的冷。作者的心智，就像是秋阳，从高处照出单调的大街，局促的小巷，稀小的龌龊的屋子，这里面住着的是稀小的苦恼的人们，厌烦与怠惰压住他们的生机，终日在无意义梦梦的匆忙中度他们的光阴。在这儿急忙忙的，像一只灰色的小鼠，窜动着那《宝贝》(The Darling)，那个可怜的驯服的女人，她能这样的爱，像一个奴隶似的爱。就使你打她的嘴巴，她也不敢高声的叹气，那驯服的奴隶……还有并着她站着的是《三姊妹》(The Three Sisters)里的奥耳加；她也是深深的爱，对她一事无成的哥哥的妻子，那个荒淫的庸俗的女人，只是无条件的顺服；她自己姊妹们的生命她眼看着破碎，她哭，可是她到底还是无能为力，可怜她面对着这恶浊社会的势力连一单句有活气有力量的反抗话都不能在她的生命中找出。

我们也见着《樱桃园》里的涕泪淋漓的女主人与别的家主，孩子似的妄自尊大，老朽似的软弱。他们错过了他们死得对景的时辰；他们哭叫着，看不见他们周遭是什么情形，什么事也不懂，一群寄生虫再没有力量在生活中独立的生根。那个可怜的学生，屈老非莫夫，口里尽讲着做事的必要——实际却除了游荡再没有事做，就为这对生活的厌烦，无聊的嘲笑着凡利亚那当差，他整天的为伺候着懒废人们着忙。

浮希宁梦着三百年后的生活是多么的愉快，却不理会他周围的事情全在冲着他的眼烂成断片；呆蠢的沙立节尼，也为生活的无聊甚至想谋害那可怜的唐森巴黑男爵。

在我们眼前移动着一行行的男女，他们的感情的奴隶，他们的呆蠢与懒惰的奴隶，他们的贪欲的奴隶；移动着怕惧生命的奴隶；他们无目的的急匆匆的向前走着，发魔似的低咕着他们对未来的胡话，觉着在现在是完全没有他们的地位。在这灰簇簇的人群中我们有时候听着一响的枪声：衣梵诺夫或是屈立泼列夫猜中了他该做的事，在一瞬息间放弃了这世界。

这些梦人们只知道梦想二三百年后生命的美艳，却谁都不自己问问假如他们单做着梦还有谁替他们预备美艳的未来。

在这大群灰惨无告的生灵跟前走过一个伟大的，智慧的，张眼看的人；他看了他的忧惨的同胞，他笑着他的愁容的微笑，用他的温和的可是深刻的呵斥的语气，悲痛在他的脸上，悲痛在他的心里，亮着他的和悦真挚的声音，他对他们说：

"你们这做人太难。这样的做人是可耻的。"

载北京《晨报副刊》1926 年 4 月 24、26 日

徐志摩漫话世情